累了先"躺"会儿

梁实秋 著

海南出版社

·海口·

图书在版编目（CIP）数据

累了先"躺"会儿 / 梁实秋著. -- 海口：海南出

版社，2025. 6. -- ISBN 978-7-5730-2456-5

　Ⅰ. I267

中国国家版本馆 CIP 数据核字第 20253VJ978 号

累了先"躺"会儿
LEILE XIAN "TANG" HUIR

作　　者：梁实秋
策 划 人：宣佳丽
责任编辑：廖畅畅
封面设计：任　佳
插　　画：罐装东秋梨
责任印制：郄亚喃
印刷装订：北京兰星球彩色印刷有限公司
读者服务：张西贝佳
出版发行：海南出版社
总社地址：海口市金盘开发区建设三横路 2 号
邮　　编：570216
北京地址：北京市朝阳区黄厂路 3 号院 7 号楼 101 室
电　　话：0898-66812392　010-87336670
电子邮箱：hnbook@263.net
经　　销：全国新华书店
版　　次：2025 年 6 月第 1 版
印　　次：2025 年 6 月第 1 次印刷
开　　本：787 mm×1 092 mm　　1/32
印　　张：8.375
字　　数：136 千字
书　　号：ISBN 978-7-5730-2456-5
定　　价：49.00 元

目录

第二辑

我想逛逛这世界

找个角落发发呆

认真生活，好好放假

良辰美景，赏心乐事，随处皆是。

快乐

快乐是在心里，不假外求，求即往往不得，转为烦恼。

天下最快乐的事大概莫过于做皇帝。"首出庶物，万国咸宁。"至不济可以生杀予夺，为所欲为。至于后宫粉黛三千，御膳八珍罗列，更是不在话下。清乾隆皇帝，"称八旬之觞，镌十全之宝"，三下江南，附庸风雅。那副志得意满的神情，真是不能不令人兴起"大丈夫当如是也"的感喟。

在穷措大眼里，九五之尊，乐不可支。但是试起古今中外的皇帝于地下，问他们一生中是否全是快乐，答案恐怕相当复杂。西班牙国王拉曼三世（Abder Rahman Ⅲ，960）说过这么一段话：

我于胜利与和平之中统治全国约五十年，为臣民所爱戴，为敌人所畏惧，为盟友所尊敬。财富与荣誉，权力与享受，呼之即来，人世间的福祉，从不缺乏。在这情形之中，我曾勤加计算，我一生中纯粹的真正幸福日子，总共仅有十四天。

御宇五十年，仅得十四天真正幸福日子。我相信他的话，宸谟睿略，日理万机，很可能不如闲云野鹤之怡然自得。于此我又想起从一本英语教科书上读到一篇寓言，题目是《一个快乐人的衬衫》。某国王，端居大内，抑郁寡欢，虽极耳目声色之娱，而王终不乐。左右纷纷献计，有一位大臣言道：如果在国内找到一位快乐的人，把他的衬衫脱下来，给国王穿上，国王就会快乐。王韪其言，于是使者四处寻找快乐的人，访遍了朝廷显要，朱门豪家，人人都有心事，家家都有一本难念的经，都不快乐。最后找到一位农夫，他耕罢在树下乘凉，裸着上身，大汗淋漓。使者问他："你快乐么？"农夫说："我自食其力，无忧无虑！快乐极了！"使者大喜，便索取他的衬衣。农夫说："哎呀！我没有衬衣。"这位农夫颇似我们的禅门之"一丝不挂"。

常言道，"境由心生"，又说"心本无生因境有"。总之，快乐是一种心理状态。内心湛然，则无往而不乐。吃饭睡觉，稀松平常之事，但是其中大有道理。大珠《顿悟入道要门论》：

> 有源律师来问："和尚修道，还用功否？"师曰："用功。"曰："如何用功？"师曰："饥来吃饭，困来即眠。"曰："一切人总如是，同师用功否？"师曰："不同。"曰："何故不同？"师曰："他吃饭时不肯吃饭，百种须索，睡时不肯睡，千般计较。所以不同也。"律师杜口。

可是修行到心无挂碍，却不是容易事。我认识一位唯心论的学者，平夙昌言意志自由，忽然被人绑架，系于暗室十有余日，备受凌辱，释出后他对我说："意志自由固然不诬，但是如今我才知道身体自由更为重要。"常听人说烦恼即菩提，我们凡人遇到烦恼只是深感烦恼，不见菩提。

快乐是在心里，不假外求，求即往往不得，转为烦恼。叔本华的哲学是：苦痛乃积极的实在的东西，幸福快乐乃消极的根本不存在的东西。所谓快乐幸福乃是解除苦痛之谓，没有苦痛便是幸福。再进一步看，没有苦痛在先，便没有幸福在后。梁任公先生曾说："人生最快乐的事，莫过于看着一件工作的完成。"在工作过程之中，有苦恼也有快乐，等到大功告成，那一份"如愿以偿"的快乐便是至高无上的幸福了。

有时候，只要把心胸敞开，快乐也会逼人而来。这个世界，这个人生，有其丑恶的一面，也有其光明的一面。良辰美景，赏心乐事，随处皆是。智者乐水，仁者乐山。雨有雨的趣，晴有晴的妙，小鸟跳跃啄食，猫狗饱食酣睡，哪一样不令人看了觉得快乐？就是在路上，在商店里，在机关里，偶尔遇到一张笑容可掬的脸，能不令人快乐半天？有一回我住进医院里，僵卧了十几天，病愈出院，刚迈出大门，陡见日丽中天，阳光普照，照得我睁不开眼，又见市廛熙攘，光怪陆离，我不由得从心里欢叫起来："好一个艳丽盛装的世界！"

"幸遇三杯酒美，况逢一朵花新？"我们应该快乐。

闲暇

我们应该希望人人都能属于"有闲阶级"。

英国十八世纪的笛孚,以《鲁滨孙漂流记》一书闻名于世,其实他写小说是在近六十岁才开始的,他以前的几十年写作差不多全是以新闻记者的身份所写的散文。最早的一本书一六九七年刊行的《设计杂谈》(*An Essay upon Projects*)是一部逸趣横生的奇书,我现在不预备介绍此书的内容,我只要引其中的一句话:"人乃是上帝所创造的最不善于谋生的动物;没有别的一种动物曾经饿死过;外界的大自然给他们预备了衣与食;内心的自然本性给他们安设了一种本能,永远会指导他们设法谋取衣食;但是人必须工作,否则就挨饿,必须做奴役,否则就得死；他固然是有理性指导他，很少人服从理性指导而沦于这样不幸的状态；但是一个人年轻时犯了错误，以致后来颠沛困苦，没有钱，没有朋友，没有健康，他只好死于沟壑，或是死于一个更恶劣的地方——医院。"这一段话，不可以就表面字义上去了解，须知笛孚是一位"反语"大师，他惯说反话。人为万物之灵，谁不知道？事实上在自然界里一大批一大批饿死的是禽兽，不是人。人要适合于理性的生活，要改善生活状态，所以才要工作。笛孚本人是工作极为勤奋的人，他办刊物、写文章、做生意，从军又服官，一生忙个不停。就是在这本《设计杂谈》里，他也提出了许多高瞻远瞩的计划，像预言一般后来都一一实现了。

人辛勤困苦地工作，所为何来？夙兴夜寐，胼手胝足，如果纯是为了温饱像蚂蚁蜜蜂一样，那又何贵乎做人？想起罗马的皇帝玛可斯奥瑞利阿斯的一段话：

在天亮的时候，如果你懒得起床，要随时作如是想："我要起来，去做一个人的工作。"我生来就是为了做那工作的，我来到世间就是为了做那工作的，那么现在就去做那工作又有什么可怨的呢？我既是为了这工作而生的，那么我应该蜷卧在被窝里取暖么？"被窝里较为舒适呀。"那么你是生来为了享乐的吗？简言之，我且问汝，你是被动地还是主动地要有所作为？试想每一个小的植物，每一小鸟、蚂蚁、蜘蛛、蜜蜂，它们是如何的勤于操作，如何的克尽厥职，以组成一个有秩序的宇宙。那么你可以拒绝去做一个人的工作吗？自然命令你做的事还不赶快地去做么？"但是一些休息也是必要的呀。"这我不否认。但是根据自然之道，这也要有个限制，犹如饮食一般。你已经超过限制了，你已经超过足够的限量了。但是讲到工作你却不如此了，多做一点你也不肯。

这一段策励自己勉力工作的话，足以发人深省，其中"以组成一个有秩序的宇宙"一语至堪玩味，使我们不能不想起古罗马的文明秩序是建立在奴隶制度之上的。有劳苦的大众在那里辛勤地操作，解决了大家的生活问题，然后少数的上层社会人士才有闲暇去做"人的工作"。大多数人是蚂蚁、蜜蜂，少数人是人。做"人的工作"需要有闲暇。所谓"闲暇"，不是饱食终日无所用心之谓，是免于蚂蚁、蜜蜂般的工作之谓。养尊处优，嬉遨惰慢，那是蚂蚁、蜜蜂之不如，还能算人！靠了逢迎当道，甚至为虎作伥，而猎取一官半职或是分享一些残羹剩炙，那是帮闲或是帮凶，都不是人的工作。奥瑞利阿斯推崇工作之必要，话是不错，但勤于操作亦应有个限度，不能像蚂蚁、蜜蜂那样地工作。劳动是必需的，但劳动不应该是终极的目标。而且劳动亦不应该由一部分人负担而令另一部分人坐享其成果。

人类最高理想应该是人人能有闲暇，于必须的工作之余还能有闲暇去做人，有闲暇去做人的工作，去享受人的生活。我们应该希望人人都能属于"有闲阶级"。有闲阶级如能普及于全人类，那便不复是罪恶。人在有闲的时候才最像是一个人。手脚相当闲，头脑才能相当地忙起来。我们并不向往六朝人那样萧然若神仙的样子，我们却企盼人人都能有闲去发展他的智慧与才能。

睡

睡不能不算是人生一件大事。

我们每天睡眠八小时，便占去一天的三分之一，一生之中三分之一的时间于"一枕黑甜"之中度过，睡不能不算是人生一件大事。可是人在筋骨疲劳之后，眼皮一垂，枕中自有乾坤，其事乃如食色一般地自然，好像是不需措意。

豪杰之士有"闻午夜荒鸡起舞"者，说起来令人神往；但是五代时之陈希夷，居然隐于睡，据说"小则旬月，大则几年，方一觉"，没有人疑其为有睡病，而且传为美谈。这样的大量睡眠，非常人之所能。我们的传统的看法，大抵是不鼓励人多睡觉。昼寝的人早已被孔老夫子斥为不可造就，使得我们居住在亚热带的人午后小憩（西班牙人所谓"Siesta"）时内心不免惭愧。后汉时有一位边孝先，也是为了睡觉受他的弟子们的嘲笑，"边孝先，腹便便，懒读书，但欲眠"。佛说在家戒法，特别指出"贪睡眠乐"为"精进波罗密"之一障。大概倒头便睡，等着太阳晒屁股，其事甚易，而掀起被衾，跳出软暖，至少在肉体上作"顶天立地"状，其事较难。

其实睡眠还是需要适量。我看倒是睡眠不足为害较大。"睡眠是自然的第二道菜"，亦即最丰盛的主菜之谓。多少身心的疲惫都在一阵"装死"之中涤除净尽。车祸的发生时常因为驾车的人在打瞌睡。衙门机构一些人员之一张铁青的脸，傲气凌人，也往往是由于睡眠不足，头昏脑涨，一肚皮的怨气无处发泄，如何能在脸上绽出人类所特有的笑容？至于在高位者，他们的睡眠更为重要，一夜失眠，不知要造成多少纰漏。

睡眠是自然的安排，而我们往往不能享受。以"天知地知我知子知"闻名的杨震，我想他睡觉没有困难，至少不会失眠，因为他光明磊落。心有恐惧，心有挂碍，心有忮求，倒下去只好辗转反侧，人尚未死而已先不能瞑目。《庄子》所谓"至人无梦"，《楞严经》所谓"梦想消灭，寝寐恒一",都是说心里本来平安,睡时也自然踏实。劳苦分子,生活简单,日入而息,日出而作,不容易失眠。听说有许多治疗失眠的偏方,或教人计算数目字,或教人想象中描绘人体轮廓,其用意无非是要人收敛他的颠倒妄想,忘怀一切,但不知有多少实效。愈失眠愈焦急,愈焦急愈失眠,恶性循环,只好瞪着大眼睛,不觉东方之既白。

睡眠不能无床。古人席地而坐卧,我由"榻榻米"体验之,觉得不是滋味。后来北方的土炕、砖炕,即较胜一筹。近代之床,实为一大进步。床宜大,不宜小。今之所谓双人床,阔不过四五尺,仅足供单人翻覆,还说什么"被底鸳鸯"?

莎士比亚《第十二夜》提到一张大床,英国Ware地方某旅舍有大床,七尺六寸高,十尺九寸阔,雕刻甚工,可睡十二人云。尺寸足够大了,但是睡上一打,其去沙丁鱼也几希,并不令人羡慕。讲到规模,还是要推我们上国的衣冠文物。我家在北平即藏有一旧床,杭州制,竹篾为绷,宽九尺余,深六尺余,床架高八尺,三面隔扇,下面左右床柜,俨然一间小屋,最可人处是床里横放架板一条,图书,盖碗,桌灯,四干四鲜,均可陈列其上，助我枕上之功。洋人的弹簧床，睡上去如落在棉花堆里，冬日犹可，夏日燠不可当。而且洋人的那种铺被的方法，将身体放在两层被单之间，把毯子裹在床垫之上，一翻身肩膀透风，一伸腿脚趾戳被，并不舒服。佛家的八戒，其中之一是"不坐高广大床"，和我的理想正好相反，我至今还想念我老家里的那张高广大床。

睡觉的姿态人各不同，亦无长久保持"睡如弓"的姿态之可能与必要。王右军那样的东床坦腹，不失为潇洒。即使佝偻着，如死蚯蚓，匍匐着，如癞蛤蟆，也不干谁底事。北方有些地方的人士，无论严寒酷暑，入睡时必脱得一丝不挂，在被窝之内实行天体运动，亦无伤风化。唯有鼾声雷鸣，最使不得。宋张端义《贵耳集》载一条奇闻："刘垂范往见羽士寇朝，其徒告以睡。刘坐寝外闻鼻鼾之声，雄美可听，曰：'寇先生睡有乐，乃华胥调。'"所谓"华胥调"见陈希夷故事，据《仙佛奇踪》，"陈抟居华山，有一客过访，适值其睡。旁有一异人，听其息声，以墨笔记之。客怪而问之，其人曰：'此先生华胥调混沌谱也。'"华胥氏之国不曾游过，华胥调当然亦无从欣赏，若以鼾声而论，我所能辨识出来的谱调顶多是近于"爵士新声"，其中可能真有"雄美可听"者。不过睡还是以不

14

奏乐为宜。

　　睡也可以是一种逃避现实的手段。在这个世界活得不耐烦而又不肯自行退休的人，大可以掉头而去，高枕而眠，或竟曲肱而枕，眼前一黑，看不惯的事和看不入眼的人都可以暂时撇在一边，像鸵鸟一般，眼不见为净。明陈继儒《珍珠船》记载着："徐光溥为相，喜论事，大为李旻等所嫉。光溥后不言，每聚议，但假寐而已，时号'睡相'。"一个做到首相地位的人，开会不说话，一味假寐，真是懂得明哲保身之道，比危行言逊还要更进一步。这种功夫现代似乎尚未失传。

懒

大清早，尤其是在寒冬，被窝暖暖的，要想打个挺就起床，真不容易。

人没有不懒的。

大清早，尤其是在寒冬，被窝暖暖的，要想打个挺就起床，真不容易。荒鸡叫，由他叫。闹钟响，何妨按一下钮，在床上再赖上几分钟。白香山大概就是一个惯睡懒觉的人，他不讳言"日高睡足犹慵起，小阁重衾不怕寒"。他不仅懒，还馋，大言不惭地说："慵馋还自哂，快乐亦谁知？"白香山活了七十五岁，可是写了二千七百九十首诗，早晨睡睡懒觉，我们还有什么说的？

16

懒[1]字从女，当初造字的人，好像是对于女性存有偏见。其实勤与懒与性别无关。历史人物中，疏懒成性者嵇康要算是一位。他自承："不涉经学，性复疏懒，筋驽肉缓，头面常一月十五日不洗，不大闷痒，不能沐也。每常小便，而忍不起，令胞中略转，乃起耳。"同时，他也是"卧喜晚起"之徒，而且"性复多虱，把搔无已"。他可以长期地不洗头、不洗脸、不洗澡，以至于浑身生虱！和扪虱而谈的王猛都是一时名士。白居易"经年不沐浴，尘垢满肌肤"，还不是由于懒？苏东坡好像也够邋遢的，他有"老来百事懒，身垢犹念浴"之句，懒到身上蒙垢的时候才做沐浴之想。女人似不至此，尚无因懒而昌言无隐引以自傲的。主持中馈的一向是女人，缝衣捣砧的也一向是女人。"早起三光，晚起三慌"是从前流行的女性自励语，所谓"三光"、"三慌"是指头上、脸上、脚上。从前的女人，夙兴夜寐，没有不患睡眠不足的，上上下下都要伺候周到，还要揪着公鸡的尾巴就起来，来照顾她自己的"妇容"。头要梳，脸要洗，脚要裹。所以朝晖未上就花朵盛开的牵牛花，别称为"勤娘子"，懒婆

---

〔1〕 其异体字为"嬾"。

娘没有欣赏的份，大概她只能观赏昙花。时到如今，情形当然不同，我们放眼观察，所谓前进的新女性，哪一个不是生龙活虎一般，主内兼主外，集家事与职业于一身？世上如果真有所谓懒婆娘，我想其数目不会多于好吃懒做的男子汉。北平从前有一个流行的儿歌，"头不梳，脸不洗，拿起尿盆儿就舀米"是夸张的讽刺。懒字从女，有一点冤枉。

凡是自安于懒的人，大抵有他或她的一套想法。可以推给别人做的事，何必自己做？可以拖到明天做的事，何必今天做？一推一拖，懒之能事尽矣。自以为偶然偷懒，无伤大雅。而且世事多变，往往变则通，在推拖之际，情势起了变化，可能一些棘手的问题会自然解决。"不需计较苦劳心，万事元来有命！"好像有时候馅饼是会从天上掉下来似的。这种打算只有一失，因为人生无常，如石火风灯，今天之后有明天，明天之后还有明天，可是谁也不知道自己还有没有明天。即使命不该绝，明天还有明天的事，事越积越多，越多越懒得去做。"虱多不痒，债多不愁"，那是自我解嘲！懒人做事，拖拖拉拉，到头来没有不丢三落四狼狈慌张的。你懒，别人也懒，一推再推，推来推去，其结果只有误事。

懒不是不可医，但须下手早，而且须从小处着手。这事需劳做父母的帮一把手。有一家三个孩子都贪睡懒觉，遇到假日还理直气壮地大睡，到时候母亲拿起晒衣服用的竹竿在三张小床上横扫，三个小把戏像鲤鱼打挺似的翻身而起。此后他们养成了早起的习惯，一直到大。父亲房里有份报纸，欢迎阅览，但是他有一个怪毛病，任谁看完报纸之后，必须折好叠好放还原处，否则他就大吼大叫。于是三个小把戏触类旁通，不但看完报纸立即还原，对于其他家中日用品也不敢随手乱放，小处不懒，大事也就容易勤快。

我自己是一个相当地懒的人，常走抵抗最小的路，虚掷不少光阴。"架上非无书，眼慵不能看"（白香山句）。等到知道用功的时候，徒惊岁晚而已。英国十八世纪的绥夫特，偕仆远行，路途泥泞，翌晨呼仆擦洗他的皮靴，仆有难色，他说："今天擦洗干净，明天还是要泥污。"绥夫特说："好，你今天不要吃早餐了。今天吃了，明天还是要吃。"唐朝的高僧百丈禅师，以"一日不作，一日不食"自励，每天都要劳动做农事，至老不休，有一天他的弟子们看不过，故意把他的农具藏了起来，使他无法工作，他于是真个地饿了自己一天没有进食。得道的方外的人都知道刻苦自律，清代画家石谿和尚在他一幅《溪山无尽图》上题了这样一段话，特别令人警惕：

大凡天地生人，宜清勤自持，不可懒惰。若当得个懒字，便是懒汉，终无用处。……残衲住牛首山房朝夕焚诵，稍余一刻，必登山选胜，一有所得，随笔作山水数幅或字一段，总之不放闲过。所谓静生动，动必做出一番事业。端教一个人立于天地间无愧。若忽忽不知，懒而不觉，何异草木！

一株小小的含羞草，尚且不是完全的"忽忽不知，懒而不觉"，若是人而不如小草，羞！羞！羞！

听戏

我从小就喜欢听戏，常看见有人坐在戏园子的边厢下面，靠着柱子，闭着眼睛，凝神危坐，微微地摇晃着脑袋，手在轻轻地敲着板眼，聚精会神地欣赏那台上的歌唱。

听戏，不是看戏。从前在北平，大家都说听戏，不大说看戏。这一字之差，关系甚大。我们的旧戏究竟是以歌唱为主，所谓载歌载舞，那舞实在是比较地没有什么可看的。我从小就喜欢听戏，常看见有人坐在戏园子的边厢下面，靠着柱子，闭着眼睛，凝神危坐，微微地摇晃着脑袋，手在轻轻地敲着板眼，聚精会神地欣赏那台上的歌唱。遇到一声韵味十足的唱，便像是搔着了痒处一般，从丹田里吼出一声"好！"若是发现唱出了错，便毫不容情地来一声倒好。这是真正的听众，是他来维系戏剧的水准于不坠。当然，他的眼睛也不是老闭着，有时也要睁开的。

　　生长在北平的人几乎没有不爱听戏的。我自然亦非例外。我起初是很怕戏园子的，里面人太多太挤，座位太不舒服。记得清清楚楚，文明茶园是我常去的地方，全是窄窄的条凳、窄窄的条桌，而并不面对舞台，要看台上的动作便要扭转脖子扭转腰。尤其是在夏天，大家都打赤膊，而我从小就没有光脊梁的习惯，觉得大庭广众之中赤身露体怪难为情，而你一经落座就有热心招待的茶房前来接衣服，给一个半劈的木牌子。这时节，你环顾四周，全是一扇一扇的肉屏风，不由你不随着大家而肉袒。前后左右都是肉，白皙皙的、黄澄澄的、黑黝黝的，置身其间如入肉林。（那时候戏园里的客人全是男性，没有女性。）这虽颇富肉感，但决不能给人以愉快。戏一演便是四五个钟头，中间如果想要如厕，需要在肉林中挤出一条出路，挤出之后那条路便翕然而阖，回来时需要重新另挤出一条进路。所以常视如厕如畏途，其实不是畏途，只有畏，没有途。

　　对戏园的环境并无须作太多的抱怨。任何样的环境，在当时当地，必有其存在的理由。戏园本称茶园，原是喝茶聊天的地方，台上的戏原是附带着的娱乐节目。乱哄哄的高谈阔论是未可厚非的。那原是三教九流呼朋唤友消遣娱乐之所在。孩子们到了戏园可以足吃，花生、瓜子不必论，冰糖葫芦、酸梅汤、油糕、奶酪、豌豆黄……应有尽有。成年人的嘴也不闲着，条桌上摆着干鲜水果、蒸食点心之类。卖吃食的小贩大声吆喝，穿梭似的挤来挤去，又受欢迎又讨厌。打热毛巾把的茶房从一个角落把一卷手巾掷到另一角落，我还没看见过失手打了人家的头。特别爱好戏的一位朋友曾经表示，这是戏外之戏，那洒了花露水的手巾尽管是传染病的最有效的媒介，也还是不可或缺。

在这样的环境里听戏，岂不太苦？苦自管苦，却也乐在其中。放肆是我们中国固有的品德之一。在戏园里人人可以自由行动，吃，喝，谈话，吼叫，吸烟，吐痰，小儿哭啼，打喷嚏，打呵欠，揩脸，打赤膊，小规模地拌嘴、吵架、争座位，一概没有人干涉。在哪里可以找到这样完全的放肆的机会？看外国戏院观众之穿起大礼服肃静无哗，那简直是活受罪！我小时候进戏园，深感那是另一个世界，对于戏当然听不懂，只能欣赏丑戏武戏，打出手，递家伙，尤觉有趣。记得我最喜欢的是九阵风的戏如《百草山》《泗州城》之类，于是我也买了刀枪之类在家里和我哥哥大打出手，有一两招也居然练得不错。从三四张桌子上硬往下摔壳子的把戏，倒是没敢尝试。有一次模拟打棍出箱，范仲禹把鞋一甩落在头上的情景，我哥哥一时不慎，把一只大毛窝斜刺里踢在上房的玻璃上，哗啦一声，除了招致家里应有的责罚之外，还惊醒了我的萌芽中的戏瘾戏迷。后来年纪稍长，又复常常涉足戏园，正赶上一批优秀的演员在台上献技，如陈德霖、刘鸿升、龚云甫、德珺如、裘桂仙、梅兰芳、杨小楼、王长林、王凤卿、王瑶卿、余叔岩等等，我渐渐能欣赏唱戏的韵味了，觉得在那乱糟糟的环境之中熬上几个小时还是值得一付的代价，只要能听到一两段韵味十足的歌唱，便觉得那抑扬顿挫使人如醉如迷，使全身血液的流行都为之舒畅匀称。研究西洋音乐的朋友也许要说这是低级趣味。我没有话可以抗辩，我只能承认这就是我们人民的趣味，而且大家都很安于这种趣味。这样乱糟糟的环境，必须有相当良好的表演艺术才能控制住听众的注意力。前几出戏都照例地是无足观，等到好戏上场，名角一露面，场里立刻鸦雀无声，不知趣的"酪来酪"声会被嘘的。受半天罪，能听到一段回肠荡气的唱儿，就很值得。"余音绕梁，三日不绝"，确是真有那种感觉。

后来，不知怎么，老伶工一个个地凋谢了，换上来的是一批较年轻的角色。这时候有人喊要改良戏剧，好像艺术是可以改良似的。我只知道一种艺术形式过了若干年便老了，衰了，死了，另外滋生一个新芽，却没料到一种艺术于成熟衰老之后还可以改良。首先改良的是开放女禁，这并没有可反对的，可是一有女客之后，戏里面的涉有猥亵的地方便大大删除了，在某种意义上有人认为这好像是个损失。台面改变了，由凸出的三面的立体式的台变成了画框式的台了，新剧本出现了，新腔也编出来了，新的服装道具一齐来了。有一次看尚小云演《天河配》，这位高头大马的演员穿着紧贴身的粉红色的内衣裤作裸体沐浴状，观众乐得直拍手，我说："完了，完了，观众也变了！"有什么样的观众就有什么样的戏。听戏的少了，看热闹的多了。

我很早就离开北平，与戏也就疏远了，但小时候还听过好戏，一提起老生心里就泛起余叔岩的影子，武生是杨小楼，老旦是龚云甫，青衣是王瑶卿、梅兰芳，小生是德珺如，刀马旦是九阵风，丑是王长林……有这种标准横亘在心里，便容易兴起"除却巫山不是云"之感。我常想，我们中国的戏剧就像毛笔字一样，提倡者自提倡，大势所趋，怕很难挽回昔日的光荣。时势异也！

下棋

观棋也有难过处，观棋不语是一种痛苦，喉间硬是痒得出奇，思一吐为快。

　　有一种人我最不喜欢和他下棋，那便是太有涵养的人。杀死他一大块，或是抽了他一个车，他神色自若，不动火，不生气，好像是无关痛痒，使得你觉得索然寡味。君子无所争，下棋却是要争的。当你给对方一个严重威胁的时候，对方的头上青筋暴露，黄豆般的汗珠一颗颗地在额上陈列出来，或哭丧着脸作惨笑，或咕嘟着嘴作吃屎状，或抓耳挠腮，或大叫一声，或长吁短叹，或自怨自艾口中念念有词，或一串串的噎嗝打个不休，或红头涨脸如关公，种种现象，不一而足。这时节你"行有余力"便可以点起一支烟，或啜一碗茶，静静地欣赏对方的苦闷的象征。我想猎人困逐一只野兔的时候，其愉快大概略相仿佛。因此我悟出一点道理，和人下棋的时候，如果有机会使对方受窘，当然无所不用其极，如果被对方所窘，便努力作出不介意状，因为既不能积极地给对方以苦痛，只好消极地减少对方的乐趣。

自古博弈并称，全是属于赌的一类，而且只是比"饱食终日无所用心"略胜一筹而已。不过弈虽小术，亦可以观人。相传有慢性人，见对方走当头炮，便左思右想，不知是跳左边的马好，还是跳右边的马好，想了半个钟头而迟迟不决，急得对方拱手认输。是有这样的慢性人，每一着都要考虑，而且是加慢的考虑。我常想这种人如加入龟兔竞赛，也必定可以获胜。也有性急的人，下棋如赛跑，劈劈拍拍，草草了事，这仍就是饱食终日无所用心的一贯作风。下棋不能无争，争的范围有大有小，有斤斤计较而因小失大者，有不拘小节而眼观全局者，有短兵相接作生死斗者，有各自为战而旗鼓相当者，有赶尽杀绝一步不让者，有好勇斗狠同归于尽者，有一面下棋一面诮骂者，但最不幸的是争的范围超出了棋盘而拳足交加。有下象棋者，久而无声响，排闼视之，阒不见人，原来他们是在门后角里扭作一团，一个人骑在另一个人的身上，在他的口里挖车呢。被挖者不敢出声，出声则口张，口张则车被挖回，挖回则必悔棋，悔棋则不得胜，这种认真的态度憨得可爱。我曾见过二人手谈，起先是坐着，神情潇洒，望之如神仙中人，俄而棋势吃紧，两人都站起来了，剑拔弩张，如斗鹌鹑，最后到了生死关头，两个人跳到桌上去了！

笠翁《闲情偶寄》说弈棋不如观棋，因观者无得失心，观棋是有趣的事，如看斗牛、斗鸡、斗蟋蟀一般。但是观棋也有难过处，观棋不语是一种痛苦，喉间硬是痒得出奇，思一吐为快。看见一个人要入陷阱而不作声是几乎不可能的事。如果说得中肯，其中一个人要厌恨你，暗暗地骂一声"多嘴驴！"另一个人也不感激你，心想："难道我还不晓得这样走！"如果说得不中肯，两个人要一齐嗤之以鼻，"无见识奴！"如果根本不说，憋在心里，受病。所以有人于挨了一个耳光之后还要抚着热辣辣的嘴巴大呼："要抽车，要抽车！"

下棋只是为了消遣，其所以能使这样多人嗜此不疲者，是因为它颇合人类好斗的本能，这是一种"斗智不斗力"的游戏。所以瓜棚豆架之下，与世无争的村夫野老不免一枰相对，消此永昼；闹市茶寮之中，常有有闲阶级的人士下棋消遣，"不为无益之事，何以遣此有涯之生？"宦海里翻过身最后退隐东山的大人先生们，髀肉复生而英雄无用武之地，也只好闲来对弈，了此残生，下棋全是"剩余精力"的发泄。人总是要斗的，总是要勾心斗角地和人争逐的。与其和人争权夺利，还不如在棋盘上多占几个官；与其招摇撞骗，还不如在棋盘上抽上一车。宋人笔记曾载有一段故事："李讷仆射，性卞急，酷好弈棋，每下子安详，极于宽缓。往往躁怒作，家人辈则密以弈具陈于前。讷睹，便怡然改容，以取其子布弄，都忘其恚矣。"（《南部新书》）下棋，有没有这样陶冶性情之功，我不敢说，不过有人下起棋来确实是把性命都可置诸度外。我有两个朋友下棋，警报作，不动声色。俄而弹落，棋子被震得在盘上跳荡，屋瓦乱飞。其中一位棋瘾较小者变色而起，被对方一把拉住："你走！那就算是你输了。"此公深得棋中之趣。

音乐

我尝想，音乐这样东西，在所有的艺术里，是最富于侵略性的。

一个朋友来信说："……我从来没有像现在这样烦恼过。住在我的隔壁的是一群在×××服务的女孩子，一回到家便大声歌唱，所唱的无非是些××歌曲，但是她们唱的腔调证明她们从来没有考虑过原制曲者所要产生的效果。我不能请她们闭嘴，也不能喊'通'！只得像在理发馆洗头时无可奈何地用棉花塞起耳朵来……"

我同情于这位朋友，但是他的烦恼不是他一个人有的。我尝想，音乐这样东西，在所有的艺术里，是最富于侵略性。别种艺术，如图画雕刻，都是固定的，你不高兴欣赏便可以不必寓目，各不相扰；唯独音乐，声音一响，随着空气波荡而来，照直侵入你的耳朵，而耳朵平常都是不设防的，只得毫无抵御地任它震荡刺激。自以为能书善画的人，诚然也有令人不舒服的时候。据说有人拿着素扇跪在一位书画家面前，并非敬求墨宝，而是求他高抬贵手，别糟蹋他的扇子。这究竟是例外情形。书家画家并不强迫人家瞻仰他的作品，而所谓音乐也者，则对于凡是在音波所及的范围以内的人，一律强迫接受，也不管其效果是沁人肺腑抑是令人作呕。

我的朋友对于隔壁音乐表示不满，那情形还不算严重。我曾经领略过一次四人合唱，使我以后对于音乐会一类的集会轻易不敢问津。一阵彩声把四位歌者送上演台，钢琴声响动，四位歌者同时张口，我登时感觉到有五种高低疾徐全然不同的调子乱擂我的耳鼓，四位歌者唱出四个调子，第五个声音是从钢琴里发出来的！五缕声音搅作一团，全不和谐。当时我就觉得心旌颤动，飘飘然如失却重心，又觉得身临歧路，彷徨无主的样子。我回顾四座，大家都面面相觑，好像都各自准备逃生，一种分崩离析的空气弥漫于全室。像这样的音乐是极伤人的。

"音乐的耳朵"不是人人有的，这一点我承认，也许我就是缺乏这种耳朵。也许是我的环境不好，使我的这种耳朵，没有适当地发育。我记得在学校宿舍里住的时候，对面楼上住着一位音乐家，还是"国乐"。每当夕阳下山，他就临窗献技，引吭高歌，配合着胡琴他唱："我好比……"在这时节我便按捺不住，颇想走到窗前去大声地告诉他，他好比是什么。我顶怕听胡琴，北平最好的名手××我也听过多少次数，无论他技巧怎样纯熟，总觉得唧唧的声音像是指甲在玻璃上抓。别种乐器，我都不讨厌，曾听古琴弹奏一段《梧桐雨》，琵琶乱弹一段《十面埋伏》，都觉得那确是音乐，唯独胡琴与我无缘。莎士比亚的《威尼斯商人》里曾说起有人一听见苏格兰人的风笛便要小便，那只是个人的怪癖。我对胡琴的反感亦只是一种怪癖罢？皮黄戏里的青衣花旦之类，在戏院广场里令人毛发倒竖，若是清唱则尤不可当，嘤然一叫，我本能地要抬起我的脚来，生怕是脚底下踩了谁的脖子！近听汉戏，黑头花脸亦唧唧锐叫，令人坐立不安；秦腔尤为激昂，常令听者随之手忙脚乱，不能自已。我可以听音乐，但若声音发自人类的喉咙，我便看不得粗了脖子红了脸的样子。我看着危险！我着急。

真正听京戏的内行人怀里揣着两包茶叶，踱到边厢一坐，听到妙处，摇头摆尾，随声击节，闭着眼睛体味声调的妙处，这心情我能了解，但是他付了多大的代价！他听了多少不愿意听的声音才能换取这一点音乐的陶醉！到如今，听戏的少，看戏的多。唱戏的亦竟以肺壮气长取胜，而不复重韵味。唯简单节奏尚是多数人所能体会，铿锵的锣鼓、油滑的管弦，都是最简单不过的，所以缺乏艺术教养的人，如一般大腹贾、大人先生、大学教授、大家闺秀、大名士、大豪绅，都趋之若鹜，自以为是在欣赏音乐！

在中西文化的交流中，我们的音乐（戏剧除外）也在蜕变，从"毛毛雨"起以至于现在流行×××之类，都是中国小调与西洋某一级音乐的混合，时而中菜西吃，时而西菜中吃，将来成为怎样的定型，我不知道。我对音乐既不能作丝毫贡献，所以也很坦然地甘心放弃欣赏音乐的权利，除非为了某种机缘必须"共襄盛举"不得不到场备员。至于像我的朋友所抱怨的那种隔壁歌声，在我则认为是一种不可避免的自然现象，恰如我们住在屠宰场的附近便不能不听见猪叫一样，初听非常凄绝，久后亦就安之。夜深人静，荒凉的路上往往有人高唱："一马离了西凉界……"我原谅他，他怕鬼，用歌声来壮胆，其行可恶，其情可悯。但是在天微明时练习吹喇叭，则是我所不解。"打——搭——大——滴——"一声比一声高，高到声嘶力竭，吹喇叭的人显然是很吃苦，可是把多少人的睡眠给毁了，为什么不在另一个时候练习呢？

在原则上，凡是人为的音乐，都应该宁缺毋滥。因为没有人为的音乐，顶多是落个寂寞。而按其实，人是不会寂寞的。小孩的哭声、笑声，小贩的吆喝声，邻人的打架声，市里的喧阗声，到处"吃饭了么？""吃饭了么？"的原是应酬而现在变成性命交关的回答声——实在寂寞极了，还有村里的鸡犬声！最令人难忘的还有所谓天籁。秋风起时，树叶飒飒的声音，一阵阵袭来，如潮涌，如急雨，如万马奔腾，如衔枚疾走；风定之后，细听还有枯干的树叶一声声地打在阶上。秋雨落时，初起如蚕食桑叶，窸窸窣窣，继而淅淅沥沥，打在蕉叶上清脆可听。风声雨声，再加上虫声鸟声，都是自然的音乐，都能使我产生好感，都能驱除我的寂寞，何贵乎听那"我好比……我好比……"之类的歌声？然而此中情趣，不足为外人道也。

雪

雨雪霏霏，像空中撒盐，像柳絮飞舞，缓缓然下，真是有趣，没有人不喜欢。

李白句，"燕山雪花大如席"。这话靠不住，诗人夸张，犹"白发三千丈"之类。据科学的报道，雪花的结成视当时当地的气温状况而异，最大者直径三至四英寸。大如席，岂不一片雪花就可以把整个人盖住？雪，是越下得大越好，只要是不成灾。雨雪霏霏，像空中撒盐，像柳絮飞舞，缓缓然下，真是有趣，没有人不喜欢。有人喜雨，有人苦雨，不曾听说谁厌恶雪。就是在冰天雪地的地方，爱斯基摩人[1]也还利用雪块砌成圆顶小屋，

---

〔1〕 因纽特人的旧称。——编者注

住进去暖和得很。

赏雪，须先肚中不饿。否则雪虐风饕之际，饥寒交迫，就许一口气上不来，焉有闲情逸致去细数"一片一片又一片……飞入梅花都不见"？后汉有一位袁安，大雪塞门，无有行路，人谓已死。洛阳令令人除雪，发现他在屋里僵卧，问他为什么不出来，他说："大雪人皆饿，不宜干人。"此公憨得可爱，自己饿，料想别人也饿。我相信袁安僵卧的时候一定吟不出"风吹雪片似花落"之类的句子。晋王子犹居山阴，夜雪初霁，月色清朗，忽然想起远在剡的朋友戴安道，即便夜乘小舟就之，经宿方至，造门不前而返。假如没有那一场大雪，他固然不会发此奇兴，假如他自己饘粥不继，他也不会风雅到夜乘小船去空走一遭。至于谢安石一门风雅，寒雪之日与儿女吟诗，更是富贵人家事。

一片雪花含有无数的结晶，一粒结晶又有好多好多的面，每个面都反射着光，所以雪才显着那样的洁白。我年轻时候听说从前有烹雪瀹茗的故事，一时好奇，便到院里就新降的积雪掬起表面的一层，放在甑里融成水，煮沸，走七步，用小宜兴壶，沏大红袍，倒在小茶盅里，细细品啜之，举起喝干了的杯子就鼻端猛嗅三两下——我一点也不觉得两腋生风，反而觉得舌本闲强。我再检视那剩余的雪水，好像有用矾打的必要！空气污染，雪亦不能保持其清白。有一年，我在汴洛道上行役，途中车坏，时值大雪，前不巴村后不着店，饥肠辘辘，乃就路边草棚买食，主人飨我以挂面，我大喜过望。但是煮面无水，主人取洗脸盆，舀路旁积雪，以混沌沌的雪水下面。虽说饥者易为食，这样的清汤挂面也不是顶容易下咽的。从此我对于雪，觉得只可远观，不可亵玩。苏武饥吞毡渴饮雪，那另当别论。

雪的可爱处在于它的广被大地，覆盖一切，没有差别。冬夜拥被而眠，觉寒气袭人，蜷缩不敢动，凌晨张开眼皮，窗棂窗帘隙处有强光闪映大异往日，起来推窗一看——啊！白茫茫一片银世界。竹枝松叶顶着一堆堆的白雪，杈芽老树也都镶了银边。朱门与蓬户同样地蒙受它的沾被，雕栏玉砌与瓮牖桑枢没有差别待遇。地面上的坑穴洼溜，冰面上的枯枝断梗，路面上的残刍败屑，全都罩在天公抛下的一件鹤氅之下。雪就是这样的大公无私，装点了美好的事物，也遮掩了一切的芜秽，虽然不能遮掩太久。

雪最有益于人之处是在农事方面。我们靠天吃饭，自古以来就看上天的脸色："上天同云，雨雪雰雰。……

既沾既足，生我百谷。"俗语所说"瑞雪兆丰年"，即今冬积雪，明年将丰之谓。不必"天大雪，至于牛目"，盈尺就可成为足够的宿泽。还有人说雪宜麦而辟蝗，因为蝗遗子于地，雪深一尺则入地一丈，连虫害都包治了。我自己也有过一点类似的经验，堂前有芍药两栏，书房檐下有玉簪一畦，冬日几场大雪扫积起来，堆在花栏花圃上面，不但可以使花根保暖，而且来春雪融成了天然的润溉，大地回苏的时候果然新苗怒发，长得十分茁壮，花团锦簇。我当时觉得比堆雪人更有意义。

据说有一位枭雄吟过一首《咏雪》的诗："黄狗身上白，白狗身上肿。出门一啊喝，天下大一统。"俗话说："官大好吟诗"，何况一位枭雄在夤缘际会、踌躇满志的时候？这首诗不是没有一点巧思，只是趣味粗犷得可笑，这大概和出身与气质有关。相传法国皇帝路易十四写了一首三节联韵诗，自鸣得意，征求诗人、批评家布洼娄的意见。布洼娄说："陛下无所不能，陛下欲做一首歪诗，果然做成功了。"我们这位枭雄的《咏雪》，也应该算是很出色的一首歪诗。

读画

> 我们说读画，实在是在画里寻诗。

《随园诗话》："画家有读画之说，余谓画无可读者，读其诗也。"随园老人这句话是有见地的。读是读诵之意，必有文章词句然后方可读诵，画如何可读？所以读画云者，应该是读诵画中之诗。

诗与画是两个类型，在对象、工具、手法各方面均不相同。但是类型的混淆，古已有之。在西洋，所谓"Ut picture poesis"，"诗既如此，画亦同然"，早已成为艺术批评上的一句名言。我们中国也特别称道王摩诘的"画中有诗，诗中有画"。究竟诗与画是各有领域的。我们读一首诗，可以欣赏其中的景物的描写，所谓"历历如绘"，

40

但诗之极致究竟别有所在，其着重点在于人的概念与情感。所谓诗意、诗趣、诗境，虽然多少有些抽象，究竟是以语言文字来表达最为适宜。我们看一幅画，可以欣赏其中所蕴藏的诗的情趣，但是并非所有的画都有诗的情趣，而且画的主要的功用是在描绘一个意象。我们说读画，实在是在画里寻诗。

蒙娜丽莎的微笑，即是微笑，笑得美，笑得甜，笑得有味道，但是我们无法追问她为什么笑，她笑的是什么。尽管有许多人在猜这个微笑的谜，其实都是多此一举。有人以为她是因为发现自己怀孕了而微笑，那微笑代表女性的骄傲与满足；有人说："怎见得她是因为发觉怀孕而微笑呢？也许她是因为发觉并未怀孕而微笑呢？"这样地读下去，是读不出所以然来的。会心的微笑，只能心领神会，非文章词句所能表达。像《蒙娜丽莎》这样的画，还有一些奥秘的意味可供揣测。此外像Watts的《希望》，画的是一个女人跨在地球上弹着一只断了弦的琴，也还有一点象征的意思可资领会；但是Sorolla的《二姊妹》，除了耀眼的阳光之外还有什么诗可读？再如Sully的《戴破帽子的孩子》，画的是一个孩子头上顶着一个破帽子，除了那天真无邪的脸上的光线掩映之外还有什么诗可读？至于Chase的一幅《静物》，可能只是两条死鱼翻着白肚子躺在盘上，更没有什么可说的了。

也许中国画里的诗意较多一点。画山水不是"春山烟雨"，就是"江皋烟树"，不是"云林行旅"，就是"春浦帆归"，只看画题，就会觉得诗意盎然。尤其是文人画家，一肚皮不合时宜，在山水画中寄托了隐逸超俗的思想，所以山水画的境界成了中国画家人格之最完美的反映。即使是小幅的花卉，像李复堂、徐青藤的作品，也有一股豪迈潇洒之气跃然纸上。

画中已经有诗，有些画家还怕诗意不够明显，在画面上更题上或多或少的诗词字句。自宋以后，这已成了大家所习惯接受的形式，有时候画上无字反倒觉得缺点什么。中国字本身有其艺术价值，若是题写得当，也不难看。西洋画无此便利，《拾穗人》上面若是用鹅翎管写上一首诗，那就不堪设想。在画上题诗，至少说明了一点，画里面的诗意有用文字表达的必要。一幅酣畅的泼墨画，画着两棵大白菜，墨色浓淡之间充分表示了画家笔下控制水墨的技巧，但是画面的一角题了一行大字"不可无此味，不可有此色"，这张画的意味不同了，由纯粹的画变成了一幅具有道德价值的概念的插图。金冬心的一幅墨梅，篆籀纵横，密圈铁线，清癯高傲之气扑人眉宇，但是半幅之地题了这样的词句："晴窗呵冻，写寒梅数枝，胜似与猫儿狗儿盘桓也……"顿使我们的注意力由斜枝细蕊转移到那个清高的画士。画的本身应该能够表现画家所要表现的东西，不需另假文字为之说明，题画的办法有时使画不复成为纯粹的画。

我想画的最高境界不是可以读得懂的，一说到读便牵涉到文章词句，便要透过思想的程序，而画的美妙处在于透过视觉而直诉诸人的心灵，画给人的一种心灵上的享受，不可言说，说便不着。

放风筝

我以为放风筝是一件颇有情趣的事。人生在世上，局促在一个小圈圈里，大概没有不想偶然远走高飞一下的。

偶见街上小儿放风筝，拖着一根棉线满街跑，嬉戏为欢，状乃至乐。那所谓风筝，不过是竹篾架上糊一点纸，一尺见方，顶多底下缀着一些纸穗，其结果往往是绕挂在街旁的电线上。

常因此想起我小时候在北平放风筝的情形。我对放风筝有特殊的癖好，从孩提时起直到三四十岁，遇有机会从没有放弃过这一有趣的游戏。在北平，放风筝有一定的季节，大约总是在新年过后开春的时候为宜。这时节，风劲而稳。严冬时风很大，过于凶猛，春季过后则风又嫌微弱了。开春的时候，蔚蓝的天，风不断地吹，最好放风筝。

北平的风筝最考究。这是因为北平有闲阶级的人多，如八旗子弟，凡属耳目声色之娱的事物都特别发展。我家住在东城，东四南大街，在内务部街与史家胡同之间有一个二郎庙，庙旁边有一爿风筝铺，铺主姓于，人称"风筝于"。他做的风筝在城里颇有小名。我家离他近，买风筝特别方便。他做的风筝，种类繁多，如肥沙雁、瘦沙雁、龙井鱼、蝴蝶、蜻蜓、鲇鱼、灯笼、白菜、蜈蚣、美人儿、八卦、蛤蟆以及其他形形色色。鱼的眼睛是活动的，放起来滴溜溜地转，尾巴拖得很长，临风波动。蝴蝶蜻蜓的翅膀也有软的，波动起来也很好看。风筝的架子是竹制的，上面绷起高丽纸面，讲究的要用绢绸，绘制很是精致，彩色缤纷。风筝于的出品，最精彩是"提线"拴得角度准确，放起来不"折筋斗"，平平稳稳。风筝小者三尺，大者一丈以上，通常在家里玩玩由三尺到七尺就很够。新年厂甸开放，风筝摊贩也很多，品质也还可以。

放风筝的线，小风筝用棉线即可，三尺以上就要用棉线数绺捻成的"小线"。小线也有粗细之分，视需要而定。考究的要用"老弦"：取其坚牢，而且分量较轻，放起来可以扭成直线，不似小线之动辄出一圆兜。线通常绕在竹制的可旋转的"线桄子"上。讲究的是硬木制的线桄子，旋转起来特别灵活迅速。用食指打一下，桄子即转十几转，自然地把线绕上去了。

有人放风筝，尤其是较大的风筝，常到城根或其他空旷的地方去，因为那里风大，一抖就起来了。尤其是那一种特制的巨型风筝，名为"拍子"，长方形的，方方正正没有一点花样，最大的没有超过九尺。北平的住宅都有个院子，放风筝时先测定风向，要有人带起一根大竹竿，竿顶置有铁叉头或铜叉头（即挂画所用的那种叉子），把风筝挑起，高高举起到房檐之上，等着风一来，一抖，风筝就飞上天去，竹竿就可以撤了，有时候风不够大，举竹竿的人还要爬上房去踞坐在房脊上面。有时候，费了不少手脚，而风姨不至，只好废然作罢，不过这种扫兴的机会并不太多。

风筝和飞机一样，在起飞的时候和着陆的时候最易失事。电线和树都是最碍事的，须善为躲避。风筝一上天，就没有事，有时候进入罡风境界，直不需用手牵着，大可以把线拴在屋柱上面，自己进屋休息，甚至拴一夜，明天再去收回。春寒料峭，在院子里久了会冻得涕泗交流，线弦有时也会把手指勒得青疼，甚至出血，是需要到屋里去休息取暖的。

风筝之"筝"字，原是一种乐器，似瑟而十三弦。所以顾名思义，风筝也是要有声响的。《询刍录》云："五代李邺于宫中作纸鸢，引线乘风为戏，后于鸢首，以竹为笛，使风入竹，声如筝鸣。"这记载是对的。不过我们在北平所放的风筝，倒不是"以竹为笛"，带响的风筝是两种，一种是带锣鼓的，一种是带弦弓的，二者兼备的当然也不是没有。所谓锣鼓，即是利用风车的原理捶打纸制的小鼓，清脆可听。弦弓的声音比较更为悦耳。有高骈《风筝》诗为证：

夜静弦声响碧空，宫商信任往来风。

依稀似曲才堪听，又被风吹别调中。

我以为放风筝是一件颇有情趣的事。人生在世上，局促在一个小圈圈里，大概没有不想偶然远走高飞一下的。出门旅行，游山逛水，是一个办法，然亦不可常得。放风筝时，手牵着一根线，看风筝冉冉上升，然后停在高空，这时节仿佛自己也跟着风筝飞起了，俯瞰尘裹，怡然自得。我想这也许是自己想飞而不可得，一种变相的自我满足罢。春天的午后，看着天空飘着别人家放起的风筝，虽然也觉得很好玩，究不若自己手里牵着线的较为亲切，那风筝就好像是载着自己的一片心情上了天。真是的，在把风筝收回来的时候，心里泛起一种异样的感觉，好像是游罢归来，虽然不是扫兴，至少也是尽兴之后的那种疲惫状态，懒洋洋的，无话可说，从天上又回到了人间，从天上翱翔又回到匍匐地上。

放风筝还可以"送幡"（俗呼为"送饭儿"）。用铁丝圈套在风筝线上，圈上附一长纸条，在放线的时候铁丝圈和长纸条便被风吹着慢慢地滑上天去，纸幡在天空飞荡，直到抵达风筝脚下为止。在夜间还可以把一盏一盏的小红灯笼送上去，黑暗中不见风筝，只见红灯朵朵在天上游来游去。

放风筝有时也需要一点点技巧。最重要的是在放线松弛之间要控制得宜。风太劲，风筝陡然向高处跃起，左右摇晃，把线拉得绷紧，这时节一不小心风筝便会倒栽下去。栽下去不要慌，赶快把线一松，它立刻又会浮起，有时候风筝已落到视线所不能及的地方，依然可以把它挽救起来。凡事不宜操之过急，放松一步，往往可以化险为夷，放风筝亦一例也。技术差的人，看见风筝要栽筋斗，便急忙往回收，适足以加强其危险性，以至于不可收拾。风筝落在树梢上也不要紧，这时节也要把线放松，乘风势轻轻一扯便会升起，性急的人用力拉，便愈纠缠不清，直到把风筝扯碎为止。在风力弱的时候，风筝自然要下降，线成兜形，便要频频扯抖，尽量放线，然后再及时收回，一松一紧，风筝可以维持于不坠。

　　好斗是人的一种本能。放风筝时也可表现出战斗精神。发现邻近有风筝飘起，如果位置方向适宜，便可向它斗争。法子是设法把自己的风筝放在对方的线兜之下，然后猛然收线，风筝陡地直线上升，势必与对方的线兜交缠在一起，两只风筝都摇摇欲坠，双方都急于向回扯线，这时候就要看谁的线粗，谁的手快，谁的地势优了。优胜的一方面可以扯回自己的风筝，外加一只俘虏，可能还有一段的线。我在一季之中，时常可以俘获四五只风筝。把俘获的风筝放起，心里特别高兴，好像是在炫耀自己的胜利品，可是有时候战斗失利，自己的风筝被俘，过一两天看着自己的风筝在天空飘荡，那便又是一种滋味了。这种斗争并无伤于睦邻之道，这是一种游戏，不发生侵犯领空的问题，并且风筝也只好玩一季，没有人肯玩隔年的风筝。迷信说隔年的风筝不吉利，这也许是卖风筝的人造的谣言。

看报

报纸的诱惑力实在太大了，怎可一日无此君？

早晨起来，盥洗完毕，就想摊开报纸看看。或是斜靠在沙发上，翘起一条腿，仰着脖子，举着报纸看。或是铺在桌面上，摘下老花眼镜，一目十行或十目一行地看。或是携进厕所，细吹细打翻来过去地看。各极其态，无往不宜。假使没有报看，这一天的秩序就要大乱，浑身不自在，像是硬断毒瘾所谓"冷火鸡"。翻翻旧报纸看看，那不对劲，一定要热烘烘的刚从报馆出炉的当天的报纸看了才过瘾。报纸上有什么东西这样摄人魂魄令人倾倒？惊天动地的新闻、回肠荡气的韵事，不是天天有的。不过，大大小小的贪赃枉法的事件、形形色色的社会新闻，以及五花八门的副刊，多少都可以令人开胃醒脾，耳目一新。抛下报纸便可心安理得地去做一个人一天该做的事去了。有些人肝火旺，看了报上少不了的一些不公道的事、颟顸糊涂的事、泄气的事、腌臜的事，不免吹胡瞪眼，破口大骂。这也好，让他发泄一下免得积郁成疾。也有些人专门识小，何处失火、何人跳楼、何家遭窃、何人被绑，乃至于哪家的猪有五条腿、哪家的孩子有两个头，都觉得趣味横生，可资谈助。报纸的诱惑力实在太大了，怎可一日无此君？

我看报也有瘾。每天四五份报纸，幸亏大部分雷同，独家报道并不多，只有副刊争奇竞秀各有千秋，然而浏览一过择要细看，差不多也要个把钟头。有时候某一报纸缺席，心里辄为之不快，但是想想送报的人长年的栉风沐雨，也许有个头痛脑热，偶尔歇工，也就罢了。过阴历年最难堪，报馆休假好几天，一张半张的凑合，乏味之至。直到我自己也在报馆做一点事，才体会到报人也需要逢年轻松几天，这才能设身处地不忍深责。

报纸以每日三张为限，广告至少占去一半以上，这也有好处，记者先生省却不少编撰之劳，广告客户大收招徕生意之效，读者亦可节省一点宝贵时间。就是广告有时也很有趣。近年来结婚启事好像少了，大概是因为红色炸弹直接投寄收效较宏。可是讣闻还是相当多，尤其是死者若是身兼若干董监事，则一排讣闻分别并列，蔚为壮观。不知是谁曾经说过："你要知道谁是走方郎中江湖庸医么，打开报纸一索便得。"可是医师的广告渐渐少了，药物广告也不若以前之多了。密密麻麻的分类广告，其中藏龙卧虎，有时颇有妙文，常于无意中得之。

报纸以三张为限，也很好。看完报纸如何打发，是一个问题，沿街叫喊"酒乾唐贝波"的人好像现已不常见。外国的报纸动辄一百多页，星期天的报纸多到五百页不算希奇。报童送报无论是背负还是小车拉曳，都有不胜负荷之状。看完报纸之后通常是积有成数往垃圾桶里一丢，也有人不肯暴殄天物，一大批一大批地驾车送到指定地点做打纸浆之用。我们报纸张数少，也够麻烦，一个月积攒下来也够一大堆，小小几坪的房间如何装得下？不知有人想到过没有，旧报纸可以拿去做纸浆，收物资循环之效。

从前老一辈的人，大概是敬惜字纸，也许是爱惜物资，看完报纸细心折叠，一天一沓，一月一捆，结果是拿去卖给小贩，小贩拿去卖给某些店铺，作为包装商品之用。旧报纸如何打发固是问题，我较更关心的是：看报似乎也有看报的道德，无论在什么场合，看完报纸应该想到还有别人要看，所以应该稍加整理、稍加折叠。我不期望任谁看过报纸还能折叠得见棱见角，如军事管理之叠床被要叠得像一块豆腐干，那是陈义过高近于奢望，但是我也看不得报纸凌乱地抛在桌上、椅上、地上，像才经过一场洗劫。

有一阵电视上映出两句标语：饭前洗手，饭后漱口。实在很好，功德无量。我发现看完报纸之后也要洗手。看完报纸之后十根手指像是刚搓完煤球。外国报纸好像污染得好一些，我不知道他们用的油墨是什么牌子的。

看报也常误事。我一年之内有过因为看报，而烧黑了三个煮菜锅的纪录。这是我对于报纸的功能之最高的称颂。报纸能令人忘记锅里煮着东西！

写字

绳墨当然是可以教的，而巧妙各有不同，关键在于个人。

　　在从前，写字是一件大事，在"念背打"教育体系当中占一个很重要的位置，从描红模子的横平竖直，到写墨卷的黑大圆光，中间不知有多大艰苦。记得小时候写字，老师冷不防地从你脑后把你的毛笔抽走，弄得你一手掌的墨，这证明你执笔不坚，是要受惩罚的。这样恶作剧还不够，有的在笔管上套大铜钱，一个，两个，乃至三四个，摇动笔管只觉头重脚轻。这原理是和国术家腿上绑沙袋差不多，一旦解开重负便会身轻似燕极尽飞檐走壁之能事。如果练字的时候笔管上驮着好几两重的金属，一旦握起不加附件的竹管，当然会龙飞蛇舞，得心应手了。写一寸径的大字，也有人主张用悬腕法，甚至悬肘法，写字如站桩，挺起腰板，咬紧牙关，正襟危坐，道貌岸然。在这种姿态中写出来的字，据说是能力透纸背。现代的人无须受这种折磨。"科举"已经废除了，只会写几个"行"、"阅"、"如拟"、"照办"，便可为官。自来水笔代替了毛笔，横行左行也可以应酬问世，写字一道，渐渐地要变成"国粹"了。

当作一种艺术看，中国书法是很独特的。因为字是艺术，所以什么"永字八法"之类的说教，其效用也就和"新诗作法"、"小说作法"相差不多。绳墨当然是可以教的，而巧妙各有不同，关键在于个人。写字最容易泄露一个人的个性，所谓"字如其人"大抵不诬。 如果每个字都方方正正，其人大概拘谨；如果伸胳臂拉腿的都逸出格外，其人必定豪放；字瘦如柴，其人必如排骨；字如墨猪，其人必近于"五百斤油"。所以郑板桥的字，就应该是那样的倾斜古怪，才和他那吃狗肉傲公卿的气概相称；颜鲁公的字就应该是那样的端庄凝重，才和他的临难不苟的品格相合，其间无丝毫勉强。

在"文字国"里，需要写字的地方特别多。擘窠大字至蝇头小楷，都有用途。可惜的是，写字的人往往不能用其所长，且常用错了地方。譬如，凿石摹壁的大字，如果不能使山川生色，就不如给当铺酱园写写招牌，至不济也可以给煤栈写"南山高煤"。有些人的字不宜在壁上题诗，改写春联或"抬头见喜"就合适得多。有的人写字技术非常娴熟，在茶壶盖上写"一片冰心"是可以胜任的，却偏爱给人题跋字画。中堂条幅对联，其实是人人都可以写的，不过悬挂的地点应该有个分别，有的宜于挂在书斋客堂，有的宜于挂在饭铺理发馆，求其环境配合，气味相投，如是而已。

"善书者不择笔"，此说未必尽然，秃笔写铁线篆，未尝不可，临赵孟頫《心经》就有困难。字写得坚挺俊俏，所用大概是尖毫。笔墨纸砚，对于字的影响是不可限量的。有时候写字的人除了工具之外，还讲究一点特殊的技巧。最妙者无过于某公之一笔虎，八尺的宣纸，布满了一个虎字，气势磅礴，一气呵成，尤其是那一直竖，顶天立地的笔直一根杉木似的，煞是吓人。据说，这是有特别办法的，法用马弁一名，牵着纸端，在写到那一竖的时候把笔顿好，喊一声"拉"，马弁牵着纸就往后扯，笔直的一竖自然完成。

写字的人有瘾，瘾大了就非要替人写字不可，看着人家的白扇面，就觉得上面缺点什么，至少也应该有"精气神"三个字。相传有人爱写字，尤其是爱写扇子，后来腿坏，以至无扇可写；人问其故，原来是大家见了他就跑，他追赶不上了。如果字真写到好处，当然不需腿健，但写字的人究竟是腿健者居多。

好书谈

也许世界上天生有种人是作家，有种人是读者。这就像天生有种人是演员，有种人是观众；有种人是名厨，有种人却是所谓"老饕"。

从前有一个朋友说，世界上的好书，他已经读尽，似乎再没有什么好书可看了。当时许多别的朋友不以为然，而较长一些的朋友就更以为狂妄。现在想想，却也有些道理。

世界上的好书本来不多，除非爱书成癖的人（那就像抽鸦片抽上瘾一样的），真正心悦诚服地手不释卷，实在有些稀奇。还有一件最令人气短的事，就是许多最伟大的作家往往没有什么凭借，但却做了后来二三流的人的精神上的财源了。柏拉图、孔子、屈原，他们一点一滴，都是人类的至宝，可是要问他们从谁学来的，或者读什么人的书而成就如此，恐怕就是最善于说谎的考据家也束手无策。这事有点怪！难道真正伟大的作家，读书不读书没有什么关系么？读好书或读坏书也没有什么影响么？

叔本华曾经说好读书的人就好像惯于坐车的人，久而久之，就不能在思想上迈步了。这真唤醒人的迷梦不小！小说家瓦塞曼竟又说过这样的话，认为倘若为了要鼓起创作的勇气，只有读二流的作品。因为在读二流的作品的时候，他可以觉得只要自己一动手就准强，倘读第一流的作品却往往叫人减却了下笔的胆量。这话也不能说没有部分的真理。

也许世界上天生有种人是作家，有种人是读者。这就像天生有种人是演员，有种人是观众；有种人是名厨，有种人却是所谓"老饕"。演员是不是十分热心看别人的戏，名厨是不是爱尝别人的菜，我也许不能十分确切地肯定，但我见过一些作家，却确乎不大爱看别人的作品。如果是同时代的人，更如果是和自己的名气不相上下的人，大概尤其不愿意寓目。我见过一个名小说家，他的桌上空空如也，架上仅有的几本书是他自己的新著，以及自己所编过的期刊。我也曾见过一个名诗人（新诗人），他的唯一读物是《唐诗三百首》，而且在他也尽有多余之感了。这也不一定只是由于高傲，如果分析起来，也许是比高傲还复杂的一种心理。照我想，也许是真像厨子（哪怕是名厨），天天看见油锅油勺，就腻了。除非自己逼不得已而下厨房，大概再不愿意去接触这些家伙，甚而不愿意见一些使他可以联想到这些家伙的物事。职业的辛酸，也有时是外人不晓得的。唐代的阎立本不是不愿意自己的儿子再做画师么？以教书为生活的人，也往往看见别人在声嘶力竭地讲授，就会想到自己，于是觉得"惨不忍闻"。做文章更是一桩呕心血的事，成功失败都要有一番产痛，大概因此之故不忍读他人的作品了。

撇开这些不说，站在一个纯粹读者而论，却委实有好书不多的实感。分量多的书，糟粕也就多。读读杜甫的选集十分快意，虽然有些佳作也许漏过了选者的眼光。读全集怎么样？叫人头痛的作品依然不少。据说有把全集背诵一字不遗的人，我想这种人不是缺乏美感，就只是为了训练记忆。顶讨厌的集子更无过于陆放翁，分量那么大，而佳作却真寥若晨星。反过来，《古诗十九首》、郭璞《游仙诗》十四首却不能不叫人公认为人类的珍珠宝石。钱锺书的小说里曾说到一个产量大的作家，在房屋恐慌中，忽然得到一个新居，满心高兴，谁知一打听，才知道是由于自己的著作汗牛充栋的结果，把自己原来的房子压塌，而一直落在地狱里了。这话诚然有点刻薄，但也许对于像陆放翁那样不知趣的笨伯有一点点儿益处。

古今来的好书，假若让我挑选，我举不出十部。而且因为年龄、环境的不同，也不免随时有些更易。单就目前论，我想是《柏拉图对话集》《论语》《史记》《世说新语》《水浒传》《庄子》《韩非子》，如此而已。其他的书名，我就有些踌躇了。或者有人问：你自己的著作可以不可以列上？我很悲哀，我只有毫不踌躇地放弃附骥之想了。一个人有勇气（无论是糊涂或欺骗）是可爱的，可惜我不能像上海某名画家，出了一套世界名画选集，却只有第一本，那就是他自己的"杰作"！

第二辑

———

我想逛逛这世界

旅行虽然夹杂着苦恼，究竟有很大的乐趣在。

散步

清晨走到空旷处，看东方既白，远山如黛，空气里没有太多的尘埃炊烟混杂在内，可以放心地尽量地深呼吸，这便是一天中难得的享受。

《琅嬛记》云："古之老人，饭后必散步。"好像是散步限于饭后，仅是老人行之，而且盛于古时。现代的我，年纪不大，清晨起来盥洗完毕便提起手杖出门去散步。这好像是不合古法，但我已行之有年，而且同好甚多，不只我一人。

清晨走到空旷处，看东方既白，远山如黛，空气里没有太多的尘埃炊烟混杂在内，可以放心地尽量地深呼吸，这便是一天中难得的享受。据估计，"目前一般都市的空气中，灰尘和烟煤的每周降量，平均每平方公里约为五吨，在人烟稠密或工厂林立的地区，有的竟达二十吨之多"。养鱼的都知道要经常为鱼换水，关在城市里的人真是如在火宅，难道还不在每天清早从软暖习气中挣脱出来，服几口"清凉散"？

散步的去处不一定要是山明水秀之区，如果风景宜人，固然觉得心旷神怡，就是荒村陋巷，也自有它的情趣。一切只要随缘。我从前沿着淡水河边，走到萤桥，现在顺着一条马路，走到土桥，天天如是，仍然觉得目不暇给。朝露未干时，有蚯蚓、大蜗牛在路边蠕动，没有人伤害它们，在这时候这些小小的生物可以和我们和平共处。也常见有被辗毙的田鸡、野鼠横尸路上，令人怵目惊心，想到生死无常。河边蹲踞着三三两两浣衣女，态度并不轻闲，她们的背上兜着垂头瞌睡的小孩子。田畦间伫立着几个庄稼汉，大概是刚拔完萝卜摘过菜。是农家苦还是农家乐，不大好说。就是从巷弄里面穿行，无意中听到人家里的喁喁絮语，有时也能令人忍俊不住。

六朝人喜欢服五石散，服下去之后五内如焚，浑身发热，必须散步以资宣泄。到唐朝时犹有这种风气。元稹诗"行药步墙阴"，陆龟蒙诗"更拟结茅临水次，偶因行药到村前"，所谓"行药"，就是服药后的散步。这种散步，我想是不舒服的。肚里面有丹砂、雄黄、白矾之类的东西作怪，必须脚步加快，步出一身大汗，方得畅快。我所谓的散步不这样的紧张，遇到天寒风大，可以缩颈急行，否则亦不妨迈方步，缓缓而行。培根有言："散步利胃。"我的胃口已经太好，不可再利，所以我从不踉踉跄跄地趱路。六朝人所谓"风神萧散，望之如神仙中人"，一定不是在行药时的写照。

散步时总得携带一根手杖，手里才觉得不闲得慌。山水画里的人物，凡是跋山涉水的总免不了要有一根邛杖，否则好像是摆不稳当似的。王维诗"策杖村西日斜"，村东日出时也是一样地需要策杖。一杖在手，无须舞动，拖曳就可以了。我的一根手杖，因为在地面摩擦的关系，已较当初短了寸余。手杖有时亦可作为武器，聊备不时之需，因为在街上散步者不仅是人，还有狗。不是夹着尾巴的丧家之狗，也不是循循然汪汪叫的土生土长的狗，而是那种雄赳赳的横眉竖眼张口伸舌的巨獒，气咻咻地迎面而来，后面还跟着骑脚踏车的扈从。这时节我只得一面退避三舍，一面加力握紧我手里的竹杖。那狗脖子上挂着牌子，当然是纳过税的，还可能是系出名门，自然也有权利出来散步。还好，此外尚未遇见过别的什么猛兽。唐慈藏大师"独静行禅，不避虎兕"，我只有自惭定力不够。

　　散步不需要伴侣，东望西望没人管，快步慢步由你说，这不但是自由，而且只有在这种时候才特别容易领略到"前不见古人，后不见来者"那种"分段苦"的味道。天覆地载，孑然一身。事实上，街道上也不是绝对地阒无一人，策杖而行的不只我一个，而且经常地有很熟的面孔准时准地地出现，还有三五成群的小姑娘，老远地就送来木屐声。天长日久，面孔都熟了，但是谁也不理谁。在外国的小都市，你清早出门，一路上打扫台阶的老太婆总要对你搭讪一两句话，要是在郊外山上，任何人都要彼此脱帽招呼，他们不嫌多事。我有时候发现，一个形容枯槁的老者忽然不见他在街道散步了，第二天也不见，第三天也不见，我真不敢猜想他是到哪里去了。

　　太阳一出山，把人影照得好长，这时候就该往回走。再晚一点，便要看到穿蓝条睡衣睡裤的女人们在街上或是河沟里倒垃圾，或者是捧出红泥小火炉在路边呼呼地扇起来，弄得烟气腾腾。尤其是，风驰电掣的现代交通工具也要像是猛虎出柙一般地露面了，行人总以回避为宜。所以，散步一定要在清晨，白居易诗："晚来天气好，散步中门前。"要知道白居易住的地方是伊阙，是香山，和我们住的地方不一样。

旅行

旅行虽然夹杂着苦恼，究竟有很大的乐趣在。

　　我们中国人是最怕旅行的一个民族。闹饥荒的时候都不肯轻易逃荒，宁愿在家乡吃青草啃树皮吞观音土，生怕离乡背井之后，在旅行中流为饿莩，失掉最后的权益——寿终正寝。至于席丰履厚的人更不愿轻举妄动，墙上挂一张图画，看看就可以当"卧游"，所谓"一动不如一静"。说穿了，"太阳下没有新鲜事物"。号称山川形胜，还不是几堆石头一汪子水？我记得做小学生的时候，郊外踏青，是一桩心跳的事，多早就筹备，起个大早，排成队伍，擎着校旗，鼓乐前导，事后下星期还得作一篇《远足记》，才算功德圆满。旅行一次是如此的庄严！我的外祖母，一生住在杭州城内，八十多岁，没有逛过一次西湖，最后总算去了一次，但是自己不能行走，抬到了西湖，就没有再回来——葬在湖边山上。

古人云："一生能着几两屐？"这是劝人及时行乐，莫怕多费几双鞋。但是旅行果然是一桩乐事吗？其中是否含着多少苦恼的成分呢？

出门要带行李，那一个几十斤重的五花大绑的铺盖卷儿便是旅行者的第一道难关。要捆得紧，要捆得俏，要四四方方，要见棱见角，与稀松露馅的大包袱要迥异其趣，这已经就不是一个手无缚鸡之力的人所能胜任的了。关卡上偏有好奇人要打开看看，看完之后便很难得再复原。"乘兴而来，兴尽而返"。很多人在打完铺盖卷儿之后就觉得游兴已尽了。在某些国度里，旅行是不需要携带铺盖的，好像凡是有床的地方就有被褥，有被褥的地方就有随时洗换的被单——旅客可以无牵无挂，不必像蜗牛似的顶着安身的家伙走路。携带铺盖究竟还容易办得到，但是没听说过带着床旅行的，天下的床很少没有臭虫设备的。我很怀疑一个人于整夜"输血"之后，第二天还有多少精神游山逛水。我有一个朋友发明了一种服装，按着他的头躯四肢的尺寸做了一件天衣无缝的睡衣，人钻在睡衣里面，只留眼前两个窟窿，和外界完全隔绝——只是那样子有些像是KKK，夜晚出来曾经几乎吓死一个人！

原始的交通工具，并不足为旅客之苦。我觉得"滑竿"、"架子车"都比飞机有趣。"御风而行，冷然善也"，那是神仙生涯。在尘世旅行，还是以脚能着地为原则。我们要看看朵朵的白云，但并不想在云隙里钻出钻进；我们要"横看成岭侧成峰，远近高低各不同"，但并不想把世界缩小成假山石一般玩物似的来欣赏。我惋惜米尔顿所称述的中土有"挂帆之车"尚不曾坐过。交通工具之原始不是病，病在于舟车之不易得，车夫舟子之不易缠，"衣帽自看"固不待言，还要提防青纱帐起。刘伶"死便埋我"，也不是准备横死。

旅行虽然夹杂着苦恼，究竟有很大的乐趣在。旅行是一种逃避——逃避人间的丑恶。"大隐藏人海"，我们不是大隐，在人海里藏不住。岂但人海里安不得身，在家园也不容易遁迹。成年地圈在四合房里，不必仰屋就要兴叹；成年地看着家里的那一张脸，不必牛衣也要对泣。家里面所能看见的那一块青天，只有那么一大块。取之不尽用之不竭的清风明月，在家里都不能充分享用，要放风筝需要举着竹竿爬上房脊，要看日升月落需要左右邻居没有遮拦。走在街上，熙熙攘攘，磕头碰脑的不是人面兽，就是可怜虫。在这种情形之下，我们虽无勇气披发入山，至少为什么不带着一把牙刷捆起铺盖出去旅行几天呢？在旅行中，少不了风吹雨打，然后倦飞知还，觉得"在家千日好，出门一时难"，这样便可以把那不可容忍的家变成了暂时可以容忍的了。下次忍耐不住的时候，再出去旅行一次。如此的折腾几回，这一生也就差不多了。

旅行中没有不感觉枯寂的，枯寂也是一种趣味。哈兹利特（Hazlitt）主张在旅行时不要伴侣，因为，"如果你说路那边的一片豆田有股香味，你的伴侣也许闻不见。如果你指着远处的一件东西，你的伴侣也许是近视的，还得戴上眼镜看"。一个不合意的伴侣，当然是累赘。但是人是个奇怪的动物，人太多了嫌闹，没人陪着嫌闷；耳边嘈杂怕吵，整天咕嘟着嘴又怕口臭。旅行是享受清福的时候，但是也还想拉上个伴。只有神仙和野兽才受得住孤独。在社会里，我们觉得面目可憎语言无味的人居多，避之唯恐或晚，在大自然里又觉得人与人之间是亲切的。到美国落基山上旅行过的人告诉我，在山上若是遇见另一个旅客，不分男女老幼，一律脱帽招呼，寒暄一两句。这是很有意味的一个习惯。大概只有在旷野里我们才容易感觉到人与人是属于一门一类的动物，平常我们太注意人与人的差别了。

真正理想的伴侣是不易得的。客厅里的好朋友不见得即是旅行的好伴侣。理想的伴侣须具备许多条件，不能太脏，如嵇叔夜"头面常一月十五日不洗，不太闷痒不能沐"，也不能有洁癖，什么东西都要用火酒揩；不能如泥塑木雕，如死鱼之不张嘴，也不能终日喋喋不休，整夜鼾声不已；不能油头滑脑，也不能蠢头呆脑。要有说有笑，有动有静，静时能一声不响地陪着你看行云、听夜雨，动时能在草地上打滚像一条活鱼！这样的伴侣哪里去找？

早起

醒来听见鸟啭，一天都是快活的。

曾文正公说："做人从早起起。"因为这是每人每日所做的第一件事。这一桩事若办不到，其余的也就可想。记得从前俞平伯先生有两行名诗："被窝暖暖的，人儿远远的……"在这"暖暖……远远……"的情形之下，毅然决然地从被窝里窜出来，尤其是在北方那样寒冷的天气，实在是不容易。唯以其不容易，所以那个举动被称为开始做人的第一件事。偎在被窝里不出来，那便是在作人的道上第一回败绩。

历史上若干嘉言懿行，也有不少是标榜早起的。例如，《颜氏家训》里便有"黎明即起"的句子。至少我们不会听说哪一个人为了早晨晏起而受到人的赞美。祖逖闻鸡起舞的故事是众所熟知的，但是我们不要忘了祖逖是志士，他所闻的鸡不是我们在天将破晓时听见的鸡啼，而是"中夜闻荒鸡鸣"。中夜起舞之后是否还回去再睡，史无明文，我想大概是不再回去睡了。黑茫茫的后半夜，舞完了之后还做什么，实在是不可想象的事。前清文武大臣上朝，也是半夜三更地进东华门，打着灯笼进去，不知是不是因为皇帝有特别喜欢起早的习惯。

西谚亦云："早出来的鸟能捉到虫儿吃。"似乎是晚出来的鸟便没得虫儿吃了。我们人早起可有什么好处呢？我个人是从小就喜欢早起的，可是也说不出有什么特别的好处，只是我个人的习惯而已。我觉得这是一个好习惯，可是并不说有这好习惯的人即是好人，因为这习惯虽好，究竟在做人的道理上还是比较的一桩小事。所以像韩复榘在山东省做主席时强迫省府人员清晨五时集合在大操场里跑步，我并不敢恭维。

我小时候上学，躺在炕上一睁眼看见窗户上最高的一格有了太阳光，便要急得哭啼，我的母亲匆匆忙忙给我梳了小辫儿打发我去上学。我们的学校就在我们的胡同里。往往出门之后不久又眼泪扑簌地回来，母亲问道："怎么回来了？"我低着头嗫嚅地回答："学校还没有开门哩！"这是五十多年前的事了。我现在想想，还是不知道为什么要那样性急。到如今，凡是开会或宴会之类，我还是很少迟到的。我觉得迟到是很可耻的一件事。但是我的心胸之不够开展，容不得一点事，于此也就可见一斑。

有人晚上不睡，早晨不起。他说这是"焚膏油以继晷"。我想，"焚膏油"则有之，日晷则在被窝里糟蹋不少。他说夜里万籁俱寂，没有搅扰，最宜工作，这话也许是有道理的。我想晚上早睡两个钟头，早上早起两个钟头，还是一样的，因为早晨也是很宜于工作的。我记得我翻译《阿伯拉与哀绿绮思的情书》的时候，就是趁太阳没出的时候搬竹椅在廊檐下动笔，等到太阳晒满半个院子，人声嘈杂，我便收笔。这样在一个月内译成了那本书，至今回忆起来还是愉快的。我在上海住几年，黎明即起，弄堂里到处是哗喇哗喇的刷马桶的声音，满街的秽水四溢，到处看得见横七竖八露宿的人——这种苦恼是高枕而眠到日上三竿的人所没有的。有些个城市，居然到九十点钟而街上还没有什么动静，家家户户都门窗紧闭，行经其地如过废墟，我这时候只有暗暗地祝福那些睡得香甜的人，我不知道他们昨夜做了什么事，以至今天这样晚还不能起来。

我如今年事稍长，好早起的习惯更不易抛弃。醒来听见鸟啭，一天都是快活的。走到街上，看见草上的露珠还没有干，砖缝里被蚯蚓倒出一堆一堆的沙土，男的女的担着新鲜肥美的菜蔬走进城来，马路上有戴草帽的老朽的女清道夫，还有无数的青年男女穿着熨平的布衣精神抖擞地携带着"便当"骑着脚踏车去上班——这时候我衷心充满了喜悦！这是一个活的世界，这是一个人的世界，这是生活！

就是学佛的人也讲究"早参"、"晚参"。要此心常常摄持。曾文正公说做人从早起起，也是着眼在那一转念之间，是否能振作精神，让此心做得主宰。其实早起晚起本身倒没有什么了不得的利弊，如是而已。

树

> 总之，树是活的，只是不会走路，根扎在哪里便住在那里，永远没有颠沛流离之苦。

　　北平的人家，差不多家家都有几棵相当大的树。前院一棵大槐树是很平常的。槐荫满庭，槐影临窗，到了六七月间槐黄满树，使得家像一个家，虽然树上不时地由一根细丝吊下一条绿颜色的肉虫子，不当心就要粘得满头满脸。槐树寿命很长，有人说唐槐到现在还有生存在世上的。这种树的树干就有一种纠绕蟠屈的姿态，自有一股老丑而并不自嫌的神气，有这样一棵矗立在前庭，至少可以把"树小墙新画不古"的讥诮免除三分之一。后院照例应该有一棵榆树，榆与余同音，示有余之意。否则榆树没有什么特别值得令人喜爱的地方，成年地往下洒落五颜六色的毛毛虫，榆钱做糕也并不好吃。至于边旁跨院里，则只有枣树的份，"叶小如鼠耳"，到处生些怪模怪样的能刺伤人的小毛虫。枣实只合做枣泥馅子，生吃在肚里就要拉枣酱，所以左邻右舍的孩子、老妪任意扑打也就算了。院子中央的四盆石榴树，那是给天棚鱼缸作陪衬的。

我家里还有些别的树。东院里有一棵柿子树，每年结一二百个高庄柿子，还有一棵黑枣。垂花门前有四棵西府海棠，艳丽到极点。西院有四棵紫丁香，占了半个院子。后院有一棵香椿和一棵胡椒，椿芽、椒芽成了烧黄鱼和拌豆腐的最好的佐料。榆树底下有一个葡萄架，年年在树根左近要埋一只死猫（如果有死猫可得）。在从前的一处家园里，还有更多的树，桃、李、胡桃、杏、梨、藤萝、松、柳，无不俱备。因此，我从小就对于树存有偏爱。我尝面对着树生出许多非非之想，觉得树虽不能言、不解语，可是它也有生老病死，它也有荣枯，它也晓得传宗接代，它也应该算是"有情"。

树的姿态各个不同。亭亭玉立者有之，矮墩墩的有之，有张牙舞爪者，有佝偻其背者，有戟剑森森者，有摇曳生姿者，各极其致。我想树沐浴在熏风之中，抽芽放蕊，它必有一番愉快的心情。等到花簇簇、锦簇簇，满枝头红红绿绿的时候，招蜂引蝶，自又有一番得意。落英缤纷的时候可能有一点伤感，结实累累的时候又会有一点迟暮之思。我又揣想，蚂蚁在树干上爬，可能会觉得痒痒出溜的；蝉在枝叶间高歌，也可能会觉得聒噪不堪。总之，树是活的，只是不会走路，根扎在哪里便住在那里，永远没有颠沛流离之苦。

小时候听"名人演讲"，有一次是一位什么"都督"之类的角色讲演"人生哲学"，我只记得其中一点点，他说："植物的根是向下伸，兽畜的头是和身躯平的，人是立起来的，他的头是在最上端。"我当时觉得这是一大发现，也许是生物进化论的又一崭新的说法。怪不得人为万物之灵，原来他和树比较起来是本末倒置的。人的头高高在上，所以"清气上升，浊气下降"。有道行的人，有坐禅，有立禅，不肯倒头大睡，最后还要讲究坐化。

可是历来有不少诗人并不这样想，他们一点也不鄙视树。美国的佛洛斯特有一首诗，名《我的窗前树》，他说他看出树与人早晚是同一命运的，都要倒下去，只有一点不同，树担心的是外在的险厄，人烦虑的是内心的风波。又有一位诗人名Kilmer，他有一首著名的小诗

《树》，有人批评说那首诗是"坏诗"，我倒不觉得怎样坏，相反的，"诗是像我这样的傻瓜做的，只有上帝才能造出一棵树"，这两行诗颇有一点意思。人没有什么了不起，侈言创造，你能造出一棵树来么？树和人，都是上帝的创造。最近我到阿里山去游玩，路边见到那株"神木"，据说有三千年了，比起庄子所说的"以八千岁为春，以八千岁为秋"的上古大椿还差一大截子，总算有一把年纪，可是看那一副形容枯槁的样子，只是一具枯骸，何神之有！我不相信"枯树生华"那一套。我只能生出"树犹如此，人何以堪"的感想。

我看见阿里山上的原始森林，一片片、黑压压，全是参天大树，郁郁葱葱。但与我从前在别处所见的树木气象不同。北平公园大庙里的柏，以及梓橦道上的所谓"张飞柏"，号称"翠云廊"，都没有这里的树那么直、那么高。像黄山的迎客松，屈铁交柯，就更不用提，那简直是放大了的盆景。这里的树大部分是桧木，全是笔直的，上好的电线杆子材料。姿态是谈不到，可是自有一种榛莽未除、入眼荒寒的原始山林的意境。局促在城市里的人走到原始森林里来，可以嗅到"高贵的野蛮人"的味道，令人精神上得到解放。

鸟

不知有多少个春天的早晨，这样的鸟声把我从梦境唤起。

我爱鸟。

从前我常见提笼架鸟的人，清早在街上溜达（现在这样有闲的人少了）。我感觉兴味的不是那人的悠闲，却是那鸟的苦闷。胳膊上架着的鹰，有时头上蒙着一块皮子，羽翮不整地蜷伏着不动，哪里有半点瞵视昂藏的神气？笼子里的鸟更不用说，常年地关在栅栏里，饮啄倒是方便，冬天还有遮风的棉罩，十分的"优待"，但是如果想要"抟扶摇而直上"，便要撞头碰壁。鸟到了这种地步，我想它的苦闷，大概是仅次于粘在胶纸上的苍蝇，它的快乐，大概是仅优于在标本室里住着罢？

我开始欣赏鸟是在四川。黎明时，窗外是一片鸟啭，不是吱吱喳喳的麻雀，不是呱呱噪啼的乌鸦，那一片声音是清脆的，是嘹亮的，有的一声长叫，包括着六七个音阶，有的只是一个声音，圆润而不觉其单调，有时是独奏，有时是合唱，简直是一派和谐的交响乐。不知有多少个春天的早晨，这样的鸟声把我从梦境唤起。等到旭日高升，市声鼎沸，鸟就沉默了，不知到哪里去了。一直等到夜晚，才又听到杜鹃叫，由远叫到近，由近叫到远，一声急似一声，竟是凄绝的哀乐。客夜闻此，说不出的酸楚！

在白昼，听不到鸟鸣，但是看得见鸟的形体。世界上的生物，没有比鸟更俊俏的。多少样不知名的小鸟，在枝头跳跃，有的曳着长长的尾巴，有的翘着尖尖的长喙，有的是胸襟上带着一块照眼的颜色，有的是飞起来的时候才闪露一下斑斓的花彩。几乎没有例外的，鸟的身躯都是玲珑饱满的，细瘦而不干瘪，丰腴而不臃肿，真是减一分则太瘦，增一分则太肥那样的秾纤合度，跳荡得那样轻灵，脚上像是有弹簧。看它高踞枝头，临风顾盼——好锐利的喜悦刺上我的心头。不知是什么东西惊动它了，它倏地振翅飞去，它不回顾，它不悲哀，它像虹似的一下就消逝了，它留下的是无限的迷惘。有时候稻田里伫立着一只白鹭，拳着一条腿，缩着颈子，有时候"一行白鹭上青天"，背后还衬着黛青的山色和釉绿的梯田。就是抓小鸡的鸢鹰，啾啾地叫着，在天空盘旋，也有令人喜悦的一种雄姿。

我爱鸟的声音、鸟的形体，这爱好是很单纯的，我对鸟并不存任何幻想。有人初闻杜鹃，兴奋得一夜不能睡，一时想到"杜宇"、"望帝"，一时又想到啼血，想到客愁，觉得有无限诗意。我曾告诉他事实上全不是这样的。杜鹃原是很健壮的一种鸟，比一般的鸟魁梧得多，扁嘴大口，并不特别美，而且自己不知构巢，依仗体壮力大，硬把卵下在别个的巢里，如果巢里已有了够多的卵，便不客气地给挤落下去，孵育的责任由别个代负了，孵出来之后，羽毛渐丰，就可把巢据为己有。那人听了我的话之后，对于这豪横无情的鸟，再也不能幻出什么诗意来了。我想济慈的《夜莺》、雪莱的《云雀》，还不都是诗人自我的幻想，与鸟何干？

鸟并不永久地给人喜悦，有时也给人悲苦。诗人哈代在一首诗里说，他在圣诞的前夕，炉里燃着熊熊的火，满室生春，桌上摆着丰盛的筵席，准备着过一个普天同庆的夜晚，蓦然看见在窗外一片美丽的雪景当中，有一只小鸟踌局缩缩地在寒枝的梢头踞立，正在啄食一颗残余的僵冻的果儿，禁不住那料峭的寒风，栽倒在地上死了，滚成一个雪团！诗人感谓曰："鸟！你连这一个快乐的夜晚都不给我！"我也有过一次类似的经验，在东北的一间双重玻璃窗的屋里，忽然看见枝头有一只麻雀，战栗地跳动抖擞着，在啄食一块干枯的叶子。但是我发见那麻雀的羽毛特别地长，而且是蓬松戟张着的：像是披着一件蓑衣，立刻使人联想到那垃圾堆上的大群褴褛而臃肿的人，那形容是一模一样的。那孤苦伶仃的麻雀，也就不暇令人哀了。

自从离开四川以后，不再容易看见那样多型类的鸟的跳荡，也不再容易听到那样悦耳的鸟鸣。只是清早遇到烟突冒烟的时候，一群麻雀挤在檐下的烟突旁边取暖，隔着窗纸有时还能看见伏在窗棂上的雀儿的映影。喜鹊不知逃到哪里去了。带哨子的鸽子也很少看见在天空打旋。黄昏时偶尔还听见寒鸦在古木上鼓噪，入夜也还能听见那像哭又像笑的鸱枭的怪叫。再令人触目的就是那些偶然一见的因在笼里的小鸟儿了，但是我不忍看。

门铃

"门前剥啄定佳客，檐外屏颜皆好山"，那是什么情景？

居住的地方不该砌起围墙。既然砌了墙，不该留一个出入的门口。既然留了门口，不该安上一个门铃。因为门铃带来许多烦恼。

门铃非奢侈品，前后左右的邻居皆有之，而且巧得很，所装门铃大概都是属于一个类型，发出哑哑的、沙沙的声音。一声铃响，就是心惊，以为有什么人的高轩莅止，需要仔细地倾耳辨别，究竟是人家的铃响，还是自己的铃响。一方面怕开门太迟慢待佳宾，一方面怕一场误会徒劳往返，然而必须等待第二声甚至第三声铃响，才能确实分辨出来，往往因此而惹得来人不耐烦，面有愠色。于是我把门铃拆去，换装了一个声音与众不同的铃。铃一响，就去开门，真正的是如响斯应。

实际上不能如响斯应。寒舍虽非深宅大院，但是没有应门三尺之僮，必须自理门户，由起居之处走到门口也还有一点空间，空间即时间，有时还要脱鞋换鞋，倒屣是不可能的，所以其间要有一点耽搁。新的门铃响声相当宏亮，不但主人不会充耳不闻，客人自己也听得清清楚楚。很少客人愿意在门外多停留几秒钟，总是希望主人用超音速的步伐前来应门。尤其是送信的人，常常是迫不及待，按起门铃如鸣警报，一声比一声急。有时候沿门求乞的人，也充分地利用这一设备，而且是理直气壮地大模大样地按铃。卖广柑的，修理棕绷竹椅的，打滴滴涕的，推销酱油的，推销牛奶的，传教的洋人及准洋人，都有权利按铃，而且常是在最令人感觉不方便的时候来使劲地按铃。铃声无论怎样悦耳，总是给人以不悦快的预兆时为多。

铃是为人按的，不拘什么人都可以按，主人有应声开门的义务，没有不去开门的权力。开门之后，一个鸠首鹄面的人手里拿着烂糟糟的一本捐册，缘起写得十分凄惨，有"舍弟江南死，家兄塞北亡"的意味，外加还有什么证明文件之类。遇到这种场面，除了敬谨捐献之外，夫复何言？然而这不是最伤脑筋的事，尤有甚于此者。多半是在午睡方酣之际，一声铃响，令人怵然以惊，赶紧披衣起身施施然出。开门四望，阒无一人，只觉阴风扑面，令人打一个冷战。一条夹着尾巴的野狗斜着眼睛瞟我一下匆匆过去，一个不信鬼的人遇见这样情形也要觉得心头栗栗。这种怪事时常发生，久之我才知道这乃是一些小朋友们的户外游戏之一种，"打了就跑"。你在四向张望的时候，他也许是藏在一个墙角正在窃窃冷笑。

有些人大概是有奇怪的收藏癖，喜欢收集各式各样的电铃的盖子，否则为什么门口的电铃上的盖子常常不翼而飞呢？这种盖子是没有什么其他的用场的，不值得窃取，只能像集邮一般地满足一种收藏的癖好。但是这癖好却建筑在别人的烦恼上。没有把你的大门摘走，已是取不伤廉，还怨的是什么？感谢工业的伟大的进步，有一种电铃没有凸出的圆盖了，钉在墙上平糊糊的只露出滑不溜丢的一个小尖头在外面供你按，但不能一把抓。

按照我国固有文明，拉铃和电铃一样有用，而烦恼较少。《江南余载》有这样一条："陈雍家置大铃，署其旁曰：'无钱雇仆，客至请挽之。'"今之拉铃，即其遗风。

这样的拉铃简单朴素，既无虞被人采集而去，亦不至被视为户外游戏的用具。而且，既非电化器材，不怕停电。从前我家里的门铃就是这样的，记得是在我的祖父去世的那年，出殡时狮子"松活"的头下系着的几个大铜铃，扎在一起累累然挂在房檐下，作为门铃用。挽拉起来，哗啷哗啷地乱响，声势浩大。自从改装了电铃，就一直烦恼，直到于今。

这一切烦恼皆是城市生活环境使然。如果是野堂山居，必定门可罗雀，偶然有长者车辙，隔着柴扉即可望见颜色。"门前剥啄定佳客，檐外孱颜皆好山"，那是什么情景？

客

人是永远不知足的。无客时嫌岑寂，有客时嫌烦嚣，客走后扫地抹桌又另有一番冷落空虚之感。

"只有上帝和野兽才喜欢孤独。"上帝吾不得而知之，至于野兽，则据说成群结党者多，真正孤独者少。我们凡人，如果身心健全，大概没有不好客的。以欢喜幽独著名的Thoureau，他在树林里也将来客安排得舒舒贴贴。我常幻想着"风雨故人来"的境界，在风飒飒、雨霏霏的时候，心情枯寂百无聊赖，忽然有客款扉，把握言欢，莫逆于心。来客不必如何风雅，但至少第一不谈物价升降，第二不谈宦海浮沉，第三不劝我保险，第四不劝我信教，乘兴而来，兴尽即返，这真是人生一乐。但是我们为客所苦的时候也颇不少。

很少的人家有门房，更少的人家有拒人千里之外的阍者，门禁既不森严，来客当然无阻，所以私人居处，等于日夜开放。有时主人方在厕上，客人已经升堂入室，回避不及，应接无术，主人鞠躬如也，客人呆若木鸡；有时主人方在用饭，而高轩贲止，便不能不效周公之"一饭三吐哺"，但是来客并无归心，只好等送客出门之后再补充些残羹剩饭；有时主人已经就枕，而不能不倒屣相迎。一天二十四小时之内，不知客人何时入侵，主动在客，防不胜防。

在西洋，所谓客者是很希罕的东西，因为他们办公有办公的地点，娱乐有娱乐的场所，住家专做住家之用。我们的风俗稍为不同一些，办公、打牌、吃茶、聊天都可以在人家的客厅里随时举行。主人既不能在座位上遍置针毡，客人便常有如归之乐。从前官场习惯，有所谓端茶送客之说。主人觉得客人应该告退的时候，便举起盖碗请茶；那时节一位训练有素的豪仆在旁一眼瞥见，便大叫一声"送客！"，另有人把门帘高高打起。客人除了告辞之外，别无他法。可惜这种经济时间的良好习俗，今已不复存在，而且这种办法也只限于官场，如果我在我的小小客厅之内端起茶碗，由荆妻稚子在旁嘤然一声

"送客"，我想客人会要疑心我一家都发疯了。

客人久坐不去，驱禳至为不易。如果你枯坐不语，他也许发表长篇独白，像个垃圾口袋一样，一碰就泄出一大堆；也许一根一根的纸烟不断地吸着，静听挂钟滴答滴答地响。如果你暗示你有事要走，他也许表示愿意陪你一道走。如果你问他有无其他的事情见教，他也许干脆告诉你来此只为闲聊天。如果你表示正在为了什么事情忙，他会劝你多休息一下。如果你一遍一遍地给他斟茶，他也许就一碗一碗地喝下去而连声说"主人别客气"。乡间迷信，恶客盘踞不去时，家人可在门后置一扫帚，用针频频刺之，客人便会觉得有刺股之痛，坐立不安而去。此法有人曾经实验，据云无效。

"茶，泡茶，泡好茶；坐，请坐，请上座。"出家人犹如此势利，在家人更可想而知。但是为了常遭客灾的主人设想，茶与座二者常常因客而异，盖亦有说。凤好牛饮之客，自不便奉以"水仙"、"云雾"，而精研《茶经》之士，又断不肯尝试那"高末"、"茶砖"。茶卤加开水，浑浑满满一大盅，上面泛着白沫如啤酒，或漂着油彩如汽油，这固然令人恶心；但是如果名茶一盏，而客人并不欣赏，轻啜一口，盅缘上并不留下芬芳，留之无用，弃之可惜，这也是非常讨厌之事。所以客人常被分为若干流品，有能启用平夙主人自己舍不得饮用的好茶者；有能享受主人自己日常享受的中上茶者；有能大量取用茶卤冲开水者，饷以"玻璃"者是为未入流。至于座处，自以直入主人的书房绣闼者为上宾，因为屋内零星物件必定甚多，而主人略无防闲之意，于亲密之中尚含有若干敬意，做客至此，毫无遗憾；次焉者廊前檐下随处接见，所谓班荆道故，了无痕迹；最下者则肃入客厅，屋内只有桌椅板凳，别无长物，主人着长袍而出，寒暄就座，主客均客气之至；在厨房后门伫立而谈者是为未入流。我想此种差别待遇，是无可如何之事，我不相信孟尝门客三千而待遇平等。

　　人是永远不知足的。无客时嫌岑寂，有客时嫌烦嚣，客走后扫地抹桌又另有一番冷落空虚之感。问题的症结全在于客的素质。如果素质好，则未来时想他来，既来了想他不走，既走想他再来；如果素质不好，未来时怕他来，既来了怕他不走，既走怕他再来。虽说物以类聚，但不速之客甚难预防。"夜半待客客不至，闲敲棋子落灯花"，那种境界我觉得最足令人低徊。

我所望于我的芳邻者

——留声机问题

要说我们不费分文，天天时时刻刻地听唱戏，我们应该感激人家。

孟子曰："里仁为美。"我现在住的这个"里"就可以说是美了。弄底的那一家芳邻，很喜欢研究音乐，特别的是我们国粹的音乐，当然这是一件很值得鼓励的事。我们教孩子读书，购买书笔纸墨的费用，总是不能省的。所以这家芳邻，为研究音乐起见，置备了一个留声机，我觉得也不算是过分，而并且觉得是一种有出息的表示。但是，人类的耳鼓仅是薄薄的一层膜，还不如牛皮那样的坚韧，所以禁不起整天整夜的强烈的声浪的震动。这是人类生理上极大的一个缺憾。我的那家芳邻，对于我的这种缺憾，似乎很不能原谅。早晨七八点的时候，那家芳邻的留声机开始了。"我……好……比……浅……水……龙……"，把我惊醒了。这时候，我只是叹服这一家人的勤学不倦。夜晚十一二点的时候，那家芳邻已然唱到"我……好……比……笼……中……鸟……"了。这时候，我有一种感想，那个留声机恐怕是租赁来的，一天到晚地不可停唱。

要说我们不费分文，天天时时刻刻地听唱戏，我们应该感激人家。人家每逢开留声机的时候，总是八窗洞开，表示与民同乐的意思。但我是一个不知足的人，常有不情之请，希望人家多预备一两张片子。其实我那芳邻的收藏也总算可观了，片子大约有五六张之多，如《探母》，如《梅花三弄》，如《大鼓》，应有尽有，轮流演唱，决不该觉得厌烦。但我常想，纠合全弄的住户，捐几个钱，买一两张片子送给那家芳邻。我疑心那家芳邻对留声机结不解缘，恐怕是由于一种"复杂"，在变态心理的范围以内了。再不然，就许是奉有他们尊大人的遗嘱，日夜演唱，所以超度亡魂。但是，我们没有亡的魂，如何禁得起这样的超度。我屡次地想联合全弄的房客，上一个条陈，请他们在开演留声机的时候，五分钟前，按户通知，年轻力壮的人立刻跑出弄外暂避，老耄婴孩则通通用棉花把耳朵塞住。如此，大家方便。但是，人家要开留声机是人家的自由，为什么要预先通知你？并且人家一天要开八百二十次，每次要通知你，恐将不胜其烦。所以我对我的芳邻决不想作任何方式的干涉。我所望于我的芳邻者，就是，有一天，自不小心，把唱片打得粉碎！

讲价

如果偶然发现一项心爱的东西，也不可失声大叫，如获异宝，必要行若无事，淡然处之，于打听许多种物价之后，随意问询及之，否则你打草惊蛇，他便奇货可居了。

韩康采药名山，卖于长安市，三十余年，口不二价。这并不是说三十余年物价没有波动，这是说他三十余年没有讲过一次谎。就凭这一点怪脾气，他的大名便入了《后汉书》的《逸民列传》。这并不证明买卖东西无须讲价是我们古已有之的固有道德，这只是证明自古以来买卖东西就得要价还价，出了一位韩康，便是人瑞，便可以名垂青史了。韩康不但在历史上留下了佳话，在当时也是颇为著名的。一个女子向他买药，他守价不移，硬是没得少。女子大怒，说："难道你是韩康，一个钱没得少？"韩康本欲避名，现在小女子都知道他的大名，吓得披发入山。卖东西不讲价，自古以来是多么难得！我们还不要忘记韩康"家世著姓"，本不是商人，如果是个"逐什一之利"的，有机会能得什二什三时岂不更妙？

从前有些店铺讲究货真价实，"言不二价"、"童叟无欺"的金字招牌偶然还可以很骄傲地悬挂起来，不必大减价雇吹鼓手，主顾自然上门。这种事似乎渐渐少了。童叟根本也不见得好欺侮，而且买卖大半是流动的，无所谓主顾，不讲价还是不过瘾，不七折八扣显着买卖不和气，交易一成买者就又会觉得上当。在尔虞我诈的情形之下，讲价便成为交易的必经阶段，反正是"漫天要价，就地还钱"，看看谁有本事谁讨便宜。

我买东西很少的时候能不比别人的贵。世界上有一种人，喜欢到人家里面调查物价，看看你家里有什么东西都要打听一下是用什么价钱买的，除非你在每一事物上都粘上一个纸签标明价格，否则将不胜其啰唆。最扫兴的是，我已经把真的价钱瞒起，自欺欺人地只说了一半的价钱来搪塞他，他有时还会把头摇得像个拨浪鼓似的，表示你上了弥天的大当！我承认，有些人是特别地善于讲价，他有政治家的脸皮，外交家的嘴巴，杀人的胆量，钓鱼的耐心，坚如铁石，韧似牛皮，所以他能压倒那待价而沽的商人。我尝虚心请教，大概归纳起来讲价的艺术不外下列诸端：

第一，要不动声色。进得店来，看准了他没有什么你就要什么，使得他显得寒伧，先有几分惭愧，然后无精打采地道出你所真心要买的东西。伙计于气馁之余，自然欢天喜地地捧出他的货色，价钱根本不会太高。如果偶然发现一项心爱的东西，也不可失声大叫，如获异宝，必要行若无事，淡然处之，于打听许多种物价之后，随意问询及之，否则你打草惊蛇，他便奇货可居了。

第二，要无情地批评。甘瓜苦蒂，天下物无全美。你把货物捧在手里，不忙鉴赏，先求其疵缪之所在，不厌其详地批评一番，尽量地道出它的缺点。有些物事，本是无懈可击的，但是"嗜好不能争辩"，你这东西是红的，我偏喜欢白的，你这东西是大的，我偏喜欢小的。总之，是要把东西褒贬得一文不值缺点百出，这时候伙计的脸上也许要一块红一块白的不大好看，但是他的心里软了，价钱上自然有了商量的余地，我在委曲迁就的情形之下来买东西，你在价钱上还能不让步么？

第三，要狠心还价。先假设，自从韩康入山之后每个商人都是说谎的。不管价钱多高，拦腰一砍。这需要一点胆量，狠得下心，说得出口，要准备看一副嘴脸。人的脸是最容易变的，用不了加多少钱，那副愁云惨雾的苦脸立刻开霁，露出一缕春风。但这是最紧要的时候，这是耐心的比赛，谁性急谁失败，他一文一文地减，你就一文一文地加。

第四，要有反顾的勇气。交易实在不成，只好掉头而去，也许走不了多远，他会请你回来，如果他不请你回来，你自己要有回来的勇气，不能负气，不能讲究"义不反顾，计不旋踵"。讲价到了这个地步，也就山穷水尽了。

这一套讲价的秘诀，知易行难，所以我始终未能运用。我怕费功夫，我怕伤和气，如果我粗脖子红脸，我身体受伤，如果他粗脖子红脸，我精神上难过。我聊以解嘲的方法是记起郑板桥爱写的那四个大字，"难得糊涂"。

《淮南子》明明地记载着"东方有君子之国"，但是我在地图上却找不到。《山海经》里也记载着"君子国衣冠带剑……其人好让不争"，但只有《镜花缘》给君子国透露了一点消息。买物的人说："老兄如此高货，却讨恁般贱价，教小弟买去，如何能安？务求将价加增，方好遵教。若再过谦，那是有意不肯赏光交易了。"卖物的人说："既承照顾，敢不仰体？但适才妄讨大价，已觉厚颜，不意老兄反说货高价贱，岂不更教小弟惭愧？况敝货并非'言无二价'，其中颇有虚头。"照这样讲来，君子国交易并非言无二价，也还是要讲价的，也并非不争，也还有要费口舌唾液的。什么样的国家才能买东西不讲价呢？我想与其讲价而为对方争利，不如讲价而为自己争利，比较地合于人类本能。

有人传授给我在街头雇车的秘诀：街头孤零零的一辆车，车夫红光满面鼓腹而游的样子，切莫睬他；如果三五成群鸠形鹄面，你一声吆喝便会蜂拥而来，竞相延揽，车价会特别低廉。在这里我们发现人性的一面——残忍。

脸谱

我要谈的脸谱乃是每天都要映入我们眼帘的形形色色的活人的脸。

我要说的脸谱不是旧剧里的所谓"整脸"、"碎脸"、"三块瓦"之类，也不是麻衣相法里所谓观人八法"威、厚、清、古、孤、薄、恶、俗"之类。我要谈的脸谱乃是每天都要映入我们眼帘的形形色色的活人的脸。旧戏脸谱和麻衣相法的脸谱，那乃是一些聪明人从无数活人脸中归纳出来的几个类型公式，都是第二手的资料，可以不管。

古人云："人心不同，各如其面。"那意思承认人面不同是不成问题的。我们不能不叹服人类创造者的技巧的神奇，差不多的五官七窍，但是部位配合，变化无穷，比七巧板复杂多了。对于什么事都讲究"统一"、"标准化"的人，看见人的脸如此复杂离奇，恐怕也无法训练改造，只好由它自然发展罢？假使每一个人的脸都像是从一个模子里翻出来的，一律的浓眉大眼，一律的虎额隆隼，在排起队来检阅的时候固然甚为壮观整齐，但不便之处必定太多，那是不可想象的。

人的脸究竟是同中有异，异中有同，否则也就无所谓谱。就粗浅的经验说，人的脸大别为二种，一种是令人愉快的，一种是令人不愉快的。凡是常态的、健康的、活泼的脸，都是令人愉快的，这样的脸并不多见。令人不愉快的脸，心里有一点或很多不痛快的事，很自然地把脸拉长一尺，或是罩上一层阴霾，但是这张脸立刻形成人与人之间的隔阂，立刻把这周围的气氛变得阴沉。假如，在可能范围之内，努力把脸上的筋肉松弛一下，嘴角上挂出一个微笑，自己费力不多，而给予人的快感甚大，可以使得这人生更值得留恋一些。我永不能忘记那永长不大的孩子潘彼得，他嘴角上永远挂着一颗微笑，那是永恒的象征。一个成年人若是完全保持一张孩子脸，那也并不是理想的事，除了给"婴儿自己药片"做商标之外，也不见得有什么用处。不过赤子之天真，如在脸上还保留一点痕迹，这张脸对于人类的幸福是有贡献的。

令人愉快的脸，其本身是愉快的，这与老幼妍媸无关。丑一点，黑一点，下巴长一点，鼻梁塌一点，都没有关系，只要上面漾着充沛的活力，便能辐射出神奇的光彩，不但有光，还有热。这样的脸能使满室生春，带给人们兴奋、光明、调谐、希望、欢欣。一张眉清目秀的脸，如果怏怏无生气，我们也只好当做石膏像来看待了。

我觉得那是一个很好的游戏：早起出门，留心观察眼前活动的脸，看看其中有多少类型，有几张使你看了一眼之后还想再看？

不要以为一个人只有一张脸。女人不必说，常常"上帝给她一张脸，她自己另造一张"。不涂脂粉的男人的脸，也有"卷帘"一格，外面摆着一副面孔，在适当的时候呱嗒一声如帘子一般卷起，另露出一副面孔。《杰克博士与海德先生》（*Dr. Jekyll and Mr. Hyde*），那不是寓言。误入仕途的人往往养成这一套本领。对下司道貌岸然，或是面部无表情，像一张白纸似的，使你无从观色，莫测高深；或是面皮绷得像一张皮鼓，脸拉得驴般长，使你在他面前觉得矮好几尺！但是他一旦见到上司，驴脸得立刻缩短，再往瘪里一缩，马上变成柿饼脸，堆下笑容，直线条全变成曲线条；如果见到更高的上司，连笑容都凝结得堆不下来，未开言嘴唇要抖上好大一阵，脸上作出十足的诚惶诚恐之状。帘子脸是傲下媚上的主要工具，对于某一种人是少不得的。

不要以为脸和身体其他部分一样地受之父母，自己负不得责。不，在相当范围内，自己可以负责的。大概人的脸生来都是和善的，因为从婴儿的脸看来，不必一定都是颜如渥丹，但是大概都是天真无邪，令人看了喜欢的。我还没见过一个孩子带着一副不得善终的脸。脸都是后来自己作践坏了的。人们多半不体会自己的脸对于别人发生多大的影响。脸是到处都有的。在送殡的行列中偶然发现的哭丧脸，作讣闻纸色，眼睛肿得桃儿似的，固然难看；一行行的囚首垢面的人，如稻草人，如丧家犬，脸上作黄蜡色，像是才从牢狱里出来，又像是要到牢狱里去，凸着两只没有神的大眼睛，看着也令人心酸；还有一大群心地不够薄脸皮不够厚的人，满脸泛着平价米色，嘴角上也许还沾着一点平价油，身上穿着一件平价布，一脸的愁苦，没有一丝的笑容，这样的脸是颇令人不快的。但是这些贫病愁苦的脸还不算是最令人不愉快，因为只是消极得令人心里堵得慌，而且稍微增加一些营养（如肉糜之类）或改善一些环境，脸上的神情还可以渐渐恢复常态。最令人不快的是一些本来吃得饱、睡得着、红光满面的脸，偏偏带着一股肃杀之气，冷森森地拒人千里之外，看你的时候眼皮都不抬，嘴撇得瓢儿似的，冷不防抬起眼皮给你一个白眼，黑眼球不知翻到哪里去了，脖梗子发硬，脑壳朝天，眉头皱出好几道熨斗都熨不平的深沟——这样的神情最容易在官办的业务机关的柜台后面出现。遇见这样的人，我就觉到惶惑：这个人是不是昨天赌了一夜以致睡眠不足，或是接连着腹泻三天，或是新近遭遇了什么闵凶，否则何以乖戾至此，连一张脸的常态都不能维持了呢？

守时

黄石公的故事是神话。不过守时却是古往今来文明社会共有的一个重要的道德信念。

《史记》五十五《留侯世家》，记载坯上老人授书张良的故事，甚为生动：

"后五日平明，与我会此。"良因怪之，跪曰："诺。"五日平明，良往。父已先至，怒曰："与老人期，后，何也？"去，曰："后五日早会。"五日鸡鸣，良往。父又先在，复怒曰："后，何也？"去，曰："后五日复早来。"五日，良夜未半往。有顷，父亦来，喜曰："当如是。"

老人与良约会三次。第一次平明为期，平明就是天刚亮，语义相当含糊，天亮到什么程度才算是平明，本难确定。"东方未明"是一阶段，"东方未晞"，又是一阶段，等到东方天际泛鱼肚色则又是一阶段。良平明往，未落日出之后，就不算是迟到。老人发什么脾气？说什么"与老人期"之倚老卖老的话？第二次约，时间更不明确，只说早一点去。良鸡鸣往，"鸡既鸣矣"，就是天明以前的一刹那，事实上已经提早到达，还嫌太晚。第三次良夜未半往，夜未半即是午夜以前，这一次才满老人意。既然如此，为什么不早明说，虽然这是老人有意测验年轻人的耐性，但也不必这样蛮不讲理地折磨人。有人问我，假如遇见这样的一个老人作何感想，我说我愿效禅师的说法："大喝一声，一棒打杀！"

黄石公的故事是神话。不过守时却是古往今来文明社会共有的一个重要的道德信念。远古的时候问题简单，日出而作，日入而息，根本没有精确的时间观念，而且人与人要约的事恐怕也不太多。《易·系辞》所谓"日中为市，致天下之民，聚天下之货，交易而退，各得其所"，不失为大家在时间上共立的一个标准，晚近的庙会市集，也还各有其约定俗成的时期规格。自从有了漏刻，分昼夜为百刻，一天之内才算有正确时间可资遵循。周有挈壶氏，自唐至清有挈壶正，是专管时间的官员。沙漏较晚，制在元朝。到了近年，也还有放午炮之说。现代的准确计时之器，如钟表之类，则是明季的舶来品，"明万历二十八年，大西洋人利玛窦来献自鸣钟"（《续通考·乐考》），嗣后自鸣钟在国内就大行其道。我小时候在三贝子花园畅观楼内，尚及见清朝洋人所贡各式各样的自鸣钟，金光灿烂，洋洋大观。在民间几乎家家案上正中央都有一架自鸣钟，用一把钥匙上弦，昼夜按时刻叮叮当当地响。外国人家墙上常见的鹧鸪钟，一只小鸟从一个小门跳出来报时，在国内尚比较少见。好像我们老一辈的中国人特别喜爱钟表，除了背心上特缝好几个小衣袋专放怀表之外，比较富裕人家墙上还常有一个硬木螺钿玻璃门的表柜，里面挂着二三十只形形色色的表，金的、银的、景泰蓝的、闷壳的，甚至背面壳里藏有活动秘戏图的，非如此不足以餍其收藏癖。至于如今的手表（实际是腕表）则高官大贾以至贩夫走卒无不备有一只了。

普遍地有了计时的工具，若是大家不知守时，又有何用？普通的衙门机关之类都订有办公时间，假如说是

110

八点开始，到时候去看看，就会知道那是怎么一回事。大抵较低级的人员比较最守时，虽然其中难免有几位忙着在办事桌上吃豆浆油条。首长及高级人员大概就姗姗来迟了，他们还有一套理由，只有到了十点左右办稿拟稿逐层旅行的公文才能到达他们手里，早去了没有用。至于下班的时间，则大家多半知道守时，眼巴巴地望着时钟，谁也不甘落后。

和民众接触最频繁的莫过于银行邮局，可是在门前逡巡好久，进门烧头炷香的顾客不见得立刻就能受理，往往还要伫候一阵子，因为柜台后面的先生小姐可能很忙，忙着打开保险柜，忙着搬运文件，忙着清理卡片，忙着数钞票，忙着调整戳印，甚至于忙着泡茶，在在都需要时间。顾客们要稍安毋躁。

朋友宴客，有一两位照例迟到，一碟瓜子大家都快磕完了，主人急得团团转，而那一两位客偏不来。按说"后至者诛"才是正理，但是后至者往往正是主客或是贵宾，所以必须虚上席以待。旧日戏园演戏，只有两盏汽油灯为照明之具，等到名角出台亮相，则几十毫电灯一齐照耀，声势非凡。有迟到之癖的客人大概是以名角自居，迟到之后不觉得歉然，反倒有得色。而迟到的人可能还要早退，表示另有一处要应酬，也许只是虚晃一招，实际是回家吃碗蛋炒饭。

要守时，但不一定要分秒不差，那就是苛求了。但也不能距约定时间太远，甲欲访乙，先打电话过去商洽，这是很有礼貌的行为，甲问什么时候驾临，乙说马上就去。问题就出在这"马上"二字，甲忘了钉问是什么马，是"竹披双耳峻，风入四蹄轻"的胡马，还是"皮干剥落，毛暗萧条"的瘦马，是练习纵跃用的木马，还是渡过了康王的泥马。和人要约，害得对方久等，揆诸时间即生命之说，岂是轻轻一声抱歉所能赎其罪愆？

守时不是容易事，要精神总动员。要不要先整其衣冠，要不要携带什么，要不要预计途中有多少红灯，都要通过大脑盘算一下。迟到固然不好，早到亦非万全之策，早到给自己找烦恼，有时候也给别人以不必要的窘。黄石公那段故事是例外，不足为训。记得莎士比亚有一句戏词："赴情人约，永远是早到。"情人一心一意地在对方身上，不肯有分秒的延误，同时又怕对方忍受枯守之苦，所以"月上柳梢头，人约黄昏后"，老早地就去等着，"月移花影动，疑是玉人来"了。

我们能不能推爱及于一切要约，大家都守时？

谈时间

不可挽住的就让它去罢！问题在，我们所能掌握的尚未逝去的时间，如何去打发它。

希腊哲学家Diogenes经常睡在一只瓦缸里，有一天亚历山大皇帝走去看他，以皇帝的惯用的口吻问他："你对我有什么请求吗？"这位玩世不恭的哲人翻了翻白眼，答道："我请求你走开一点，不要遮住我的阳光。"

这个家喻户晓的小故事，究竟涵义何在，恐怕见仁见智，各有不同的看法。我们通常总是觉得那位哲人视尊荣犹敝屣，富贵如浮云，虽然皇帝驾到，殊无异于等闲之辈，不但对他无所希冀，而且亦不必特别地假以颜色。可是约翰逊博士另有一种看法，他认为应该注意的是那阳光，阳光不是皇帝所能赐予的，所以请求他不要把他所不能赐予的夺了去。这个请求不能算奢，却是用意深刻。因此约翰逊博士由"光阴"悟到"时间"，时间也者，虽然也是极为宝贵，却也是常常被人劫夺的。

"人生不满百"，大致是不错的。当然，老而不死的人，不是没有，不过期颐以上不是一般人所敢想望的。数十寒暑当中，睡眠去了很大一部分。苏东坡所谓"睡眠去其半"，稍嫌有点夸张，大约三分之一左右总是有的。童蒙一段时期，说它是天真未凿也好，说它是昏昧无知也好，反正是浑浑噩噩，不知不觉；及至寿登耄耋，老悖聋瞆，甚至"佳丽当前，未能缱绻"，比死人多一口气，也没有多少生趣可言。掐头去尾，人生所余无几。就是这短暂的一生，时间亦不见得能由我们自己支配。约翰逊博士所抱怨的那些不速之客，动辄登门拜访，不管你正在怎样忙碌，他觉得宾至如归，这种情形固然令人啼笑皆非，我觉得究竟不能算是怎样严重的"时间之贼"。他只是在我们的有限的资本上抽取一点捐税而已。我们的时间之大宗的消耗，怕还是要由我们自己负责。

有人说："时间即生命。"也有人说："时间即金钱。"二说均是，因为有人根本认为金钱即生命。不过细想一下，有命斯有财，命之不存，财于何有？要钱不要命者，固然实繁有徒，但是舍财不舍命，仍然是较聪明的办法。所以《淮南子》说："圣人不贵尺之璧而重寸之阴，时难得而易失也。"我们幼时，谁没有作过"惜阴说"之类的课艺？可是谁又能趁早体会到时间之"难得而易失"？我小的时候，家里请了一位教师，书房桌上有一座钟，我和我的姊姊常乘教师不注意的时候把时针往前拨快半个钟头，以便提早放学，后来被老师觉察了，他用朱笔在窗户纸上的太阳阴影划一痕记，作为放学的时刻，这才息了逃学的念头。

时光不断地在流转，任谁也不能攀住它停留片刻。"逝者如斯夫，不舍昼夜！"我们每天撕一张日历，日历越来越薄，快要撕完的时候便不免矍然以惊，惊的是又临岁晚。假使我们把几十册日历装为合订本，那便象征我们的全部的生命，我们一页一页地往下扯，该是什么样的滋味呢？"冬天一到，春天还会远吗？"可是你一共能看见几次冬尽春来呢？

不可挽住的就让它去罢！问题在，我们所能掌握的尚未逝去的时间，如何去打发它。梁任公先生最恶闻"消遣"二字，只有活得不耐烦的人才忍心地去"杀时间"。他认为一个人要做的事太多，时间根本不够用，哪里还有时间可供消遣？不过打发时间的方法，亦人各不同、士各有志。乾隆皇帝下江南，看见运河上舟楫往来，熙熙攘攘，顾问左右："他们都在忙些什么？"和珅侍卫在侧，脱口而出："无非'名利'二字。"这答案相当正确，我们不可以人废言。不过三代以下唯恐其不好名，大概"名利"二字当中还是利的成分大些。"人为财死，鸟为食亡。"时间即金钱之说仍属不诬。诗人渥资华斯有句：

尘世耗用我们的时间太多了，夙兴夜寐，赚钱挥霍，把我们的精力都浪费掉了。

所以有人宁可遁迹山林，享受那清风明月，"侣鱼虾而友麋鹿"，过那高蹈隐逸的生活。诗人济慈宁愿长时间地守着一株花，看那花苞徐徐展瓣，以为那是人间至乐；嵇康在大树底下扬槌打铁，"浊酒一杯，弹琴一曲"；刘伶"止则操卮执觚，动则挈榼提壶"，一生中无思无虑其乐陶陶。这又是一种颇不寻常的方式。最彻底的超然的例子是《传灯录》所记载的："南泉和尚问陆亘曰：'大夫十二时中作么生？'陆云：'寸丝不挂！'""寸丝不挂"即是了无挂碍之谓，"原来无一物，何处染尘埃？"这境界

116

高超极了，可以说是"以天地为一朝，万期为须臾"，根本不发生什么时间问题。

人，诚如波斯诗人莪谟伽耶玛所说，来不知从何处来，去不知向何处去，来时并非本愿，去时亦未征得同意，糊里糊涂地在世间逗留一段时间。在此期间内，我们是以心为形役呢？还是立德立功立言以求不朽呢？还是参究生死直超三界呢？这大主意需要自己拿。

理想的「饭碗」

现代青年人的快心事是：不用多大的学问而找到一个理想的"饭碗"。

前代青年人的快心事是："洞房花烛夜，金榜挂名时。"现代青年人的快心事是：不用多大的学问而找到一个理想的"饭碗"。有人以为这不是一件易事。其实也并不难。这如同找理想的配偶或任何理想物一样，"踏破铁鞋无觅处，得来全不费工夫"。距离舍下不远的地方，就有好几个理想的"饭碗"出张所。

所里的先生们虽没有多大的学问，可也没有梢公们作揖打恭，颠头簸脑那样卖力；也没有堂倌们不出大门，日行千里那样辛苦；又不必像医师们起半夜，睡五更；更不必像律师们那样劳心苦虑，舌敝唇焦。他们不过一举手一移步之劳，就有人拿白花花的银币送上门来。休息的时间也很频数，若和每小时休息十分钟的课堂生活比较起来，有过之而无不及，确实合乎理想的卫生条件。

他们的职业环境——无论是物质的或是精神的——也不错。夏有电扇，冬有暖炉，坐有软垫，看有报纸；没事的时候，抽抽烟卷，看看马路，听听鸟语，嗅嗅花香，在红尘十丈之中，也算一个清凉的世界。和他们往来的人物中，有美人，有英雌，有哲人，有博士。对于美人与英雌，他们虽仔细端详，饱餐秀色，却没人拿问他们侮辱女性之罪，对于哲人与博士，他们也不妨施行五权宪法中之一权，寻些题目，口试一番。若是答案不满意，或态度骄矜，语言无味，他们会举起双拳，把被试者结结实实教训一顿。被试者若吃不住这一顿拳头，至多也不过请求罢手，断不至有还拳的轻举妄动。所以捧这个饭碗的人，精神上也是愉快非常，若能捧上十年，定可延寿一纪。

他们的收入，与所长（也就是所主）四六分摊。食，住，有时衣之一部分，由所长供给。所长富于德谟克拉西精神，与所员平等合作，兄弟相称。所员们的待遇一律平等，就是所长的干哥或所长夫人的介弟，也别无优待条件。他们的贵业从未演过罢工流血的风潮，也不至于演中华书局最近演的那一幕。偶尔有人失业，也不难独立营生，或简直独树一帜，自立为所长。总而言之，这个饭碗充满了家庭工业时代的一切优点，毫不沾染工业革命的一切弊害。

据说，拣这饭碗的人都是优秀分子，虽然没有多大的学问。他们除正业而外，都有副业。他们的副业不是唱歌便是弄乐器。歌喉的圆润，只有顾夫人颈上挂着的那串珠子可以拿来做比方。每当月白风清，管弦竞奏的当儿，凡在十步以内的居民，无不被他们珠圆玉润的歌喉所吸引。叫座力之大，就叫老谭复生，也要活活气死。

当他们披上那件特制的白色外褂时，很有医师的架子了。若再戴上一个呼吸隔绝器，俾执行职务时不与光顾者交换气流，那就活像一位医师，而光顾者恐怕更要踊跃呢。

他们的外貌，固然有医师般的尊严，而头衔也与医师、药剂师、画师、雕刻师、工程师、律师、会计师，或其他大师一样华贵。他们若是愿意，很可以在名片

的右上角乌溜溜地印上这样一行宋体字，"某某理发所
理发师"。

这热气腾腾的人间啊

「幸遇三杯酒美,况逢一朵花新?」

我们应该快乐。

谈话的艺术

谈话不是演说，更不是训话，所以一个人不可以霸占所有的时间，不可以长篇大论地絮聒不休，旁若无人。

一个人在谈话中可以采取三种不同的方式，一是独白，一是静听，一是互话。

谈话不是演说，更不是训话，所以一个人不可以霸占所有的时间，不可以长篇大论地絮聒不休，旁若无人。有些人大概是口部筋肉特别发达，一开口便不能自休，绝不容许别人插嘴，话如连珠，音容并茂。他讲一件事能从盘古开天地讲起，慢慢地进入本题，亦能枝节横生，终于忘记本题是什么。这样霸道的谈话者，如果他言谈之中确有内容，所谓"吐佳言如锯木屑，霏霏不绝"，亦不难觅取听众。在英国文人中，约翰逊博士是一个著名

125

的例子。在咖啡店里，他一开口，老鼠都不敢叫。那个结结巴巴的高尔斯密一插嘴便触霉头。Sir Oracle 在说话，谁敢出声？约翰逊之所以被称为当时文艺界的独裁者，良有以也。学问、风趣不及约翰逊者，必定是比较的语言无味，如果喋喋不已，如何令人耐得！

有人也许是以为嘴只管吃饭而不作别用，对人乃钳口结舌，一言不发。这样的人也是谈话中所不可或缺的，因为谈话，和演戏一样，是需要听众的，这样的人正是理想的听众。欧洲中古时代的一个严肃的教派 Carthusian monks 以不说话为苦修精进的法门之一，整年地不说一句话，实在不易。那究竟是方外人，另当别论，我们平常人中却也有人真能寡言。他效法金人之三缄其口，他的背上应有铭曰"今之慎言人也"。你对他讲话，他洗耳恭听，你问他一句话，他能用最经济的辞句把你打发掉。如果你恰好也是"毋多言，多言多败"的信仰者，相对不交一言，那便只好共听壁上挂钟之滴答滴答了。钟会之与嵇康，则由打铁的叮当声来破除两人间之岑寂。这样的人现代也有，相对无言，莫逆于心，巴答巴答地抽完一包香烟，兴尽而散。无论如何，老于世故的人总是劝人多听少说，以耳代口，凡是不大开口的人总是令人莫测高深；口边若无遮拦，则容易令人一眼望到底。

谈话，和作文一样，有主题，有腹稿，有层次，有头尾，不可语无伦次。写文章肯用心的人就不太多，谈话而知道剪裁的就更少了。写文章讲究开门见山，起笔最要紧，要来得挺拔而突兀，或是非常爽朗，总之要引人入胜，不同凡响。谈话亦然。开口便谈天气好坏，当然亦不失为一种寒暄之道，究竟缺乏风趣。常见有客来访，宾主落座，客人徐徐开言："您没有出门啊？"主人除了重申"我没有出门"这一事实之外，没有法子再作其他的答话。谈公事，讲生意，只求其明白清楚，没有什么可说的。一般的谈话往往是属于"无题"、"偶成"之类，没有固定的题材，信手拈来，自有情致。情人们喁喁私语，总是有说不完的话题，谈到无可再谈，则"此时无声胜有声"了。老朋友们剪烛西窗，班荆道故，上下古今无不可谈，其间并无定则，只要对方不打哈欠。禅师们在谈吐间好逗机锋，不落迹象，那又是一种境界，不是我们凡夫俗子所能企望得到的。善谈和健谈不同，健谈者能使四座生春，但多少有点霸道，善谈者尽管舌灿莲花，但总还要给别人留些说话的机会。

话的内容总不能不牵涉到人，而所谓人，则不是

127

别人便是自己。谈论别人则东家长西家短全成了上好的资料，专门隐恶扬善则内容枯燥听来乏味，揭人阴私则又有伤口德，这其间颇费斟酌。英文gossip一字原义是"教父母"，尤指教母，引申而为任何中年以上之妇女，再引申而为闲谈，再引申而为飞短流长，而为长舌妇，可见这种毛病由来有自，"造谣学校"之缘起亦在于是，而且是中外皆然。不过现在时代进步，这种现象已与年纪无关。谈话而专谈自己当然不会伤人，并且缺德之事经自己宣扬之后往往变成为值得夸耀之事。不过这又显得"我执"太深，而且最关心自己的事的人，往往只是自己。英文的"我"字，是大写字母的 I，有人已嫌其夸张，如果谈起话来每句话都用"我"字开头，不更显得自我本位了么？

在技巧上，谈话也有些个禁忌。"话到口边留半句"，只是劝人慎言，却有人认真施行，真个地只说半句，其余半句要由你去揣摩，好像文法习题中的造句，半句话要由你去填充。有时候是光说前半句，要你猜后半句；有时候是光说后半句，要你想前半句。一段谈话中若是破碎的句子太多，在听的方面不加整理是难以理解的。费时费事，莫此为甚。我看在谈话时最好还是注意文法，多用完整的句子为宜。另一极端是，唯恐听者印象不深，每一句话重复一遍，这办法对于听者的忍耐力实在要求过奢。谈话的腔调与嗓音因人而异，有的如破锣，有的如公鸡，有的行腔使气有板有眼，有的回肠荡气如怨如诉，有的于每一句尾加上一串格格的笑，有的于说完一段话之后像鲸鱼一般喷一口大气，这一切都无关宏旨，要紧的是说话的声音之大小需要一点控制。一开口便血脉贲张，声震屋瓦，不久便要力竭声嘶，气急败坏，似可不必。另有一些人的谈话别有公式，把每句中的名词与动词一律用低音，甚至变成耳语，令听者颇为吃力。有些人唾腺特别发达，三言两句之后嘴角上便积有两滩如奶油状的泡沫，于发出重唇音的时候便不免星沫四溅，真像是痰唾珠玑。人与人相处，本来易生摩擦，谈话时也要保持距离，以策安全。

房东与房客

房东虽然不好，房子还是要住的；房客虽然不好，房子不能不由他住。主客之间永远是紧张的，谁也不把谁当做君子看。

狗见了猫，猫见了耗子，全没有好气，总不免怒目相视、龇牙裂嘴，一场格斗了事。上天生物就是这样，生生相克，总得斗。房东与房客，或房客与房东，其间的关系也是同样的不祥。在房东眼里，房客很少有好东西；在房客眼里，房东根本就没有一个好东西。利害冲突，彼此很难维持人与人之间应有的常态。

房东的哲学往往是这样的："来看房的那个人，看样子就面生可疑。我的房子能随便租给人？租给他开白面房子怎么办？将来非找个妥保不可。你看他那个神儿！房子的间架矮哩，院子窄哩，地点偏哩，房租大哩，褒贬得一文不值，好像是谁请他来住似的！你不合适不会不住？我说得清清楚楚，你没有家眷我可不租，他说他有。我问他是干什么的，他死不张嘴，再不就是吞吞吐吐，八成不是好人。可是后来我还是租给他了。他往里一搬，哎呀，怎那么多人口，也不知究竟是几家子？瘪嘴的老太太有好几位，孩子一大串，兔儿爷似的一个比一个高。住了没有几个月，房子糟蹋得不成样子，雪白的墙角上他堆煤，披麻绿油的影壁上画了粉笔的飞机与乌龟，砖缝里的草长了一人多高，沟眼也堵死了，水龙头也歪了，地板上的油漆也磨光了，天花板也熏黑了，玻璃窗也用高丽纸锯补了，门环子也掉了……唉，简直是遭劫！房租到期还要拖欠，早一天取固然不成，过几天取也常要碰钉子，'过两天再来罢'，'下月一起付罢'，'太太不在家'，'先付半个月的罢'，'我们还没有发薪哪，发了薪给你送去'……好，房租取不到，还得白跑道，腿杆儿都跑细了。他不给租钱，还挺横，你去取租的时候，他就叫你蹲在门口儿，砰的一声把大门关上了，好像是你欠他的钱！也有到时候把房租送上门来的，这主儿更难缠，说不定他早做了二房东，他怕我去调查。租人家的房子住人的，有几个是有良心的？……"

房客的哲学又是一套："这房东的房子多得很，'吃瓦片儿的'，任事不作，靠房钱吃饭。这房子一点也不合局，我要是有钱决不租这样的房子，我是凑合着住。一进门就是三份儿，一房一茶一打扫，比阎王还凶。没法子，给你。还要打铺保？我人地生疏，哪里找保去？难道我还能把你的房子吃掉不成？你问我家里人口多不多，你管得着么？难道房东还带查户口？'不准转租'，我自己还不够住的呢！可是我要把南房腾空转租，你也管不了，反正我不欠你的房租。'不准拖欠'，噫，我要是有钱我决不拖欠。这个月我迟领了几天薪，房东就三天两头儿地找上门来，好像是有几年没付房钱似的，搅得我一家不安。谁没有个手头儿发窘？何苦！房钱错了一天也不行，急如星火，可是那天下雨房漏了，打了八次电话，他也不派人来修，把我的被褥都湿脏了。阴沟堵住了，院里积了一汪子水，也不来修。门环掉了，都是我自己找人修的。他还觍着脸催房钱！无耻！我住了这样久，没糟蹋你一间房子，墙、柱子都好好的，没摘过你一扇门、一扇窗子，还要怎样？这样的房客你哪里找去？……"

　　房东、房客如此之不相容，租赁的关系不是很容易决裂的吗？啊不，比离婚还难。房东虽然不好，房子还是要住的；房客虽然不好，房子不能不由他住。主客之间永远是紧张的，谁也不把谁当做君子看。

这还是承平时代的情形。在通货膨胀的时代，双方的无名火都提高了好几十丈，提起了对方的时候恐怕牙都要发痒。

房东的哲学要追加这样一部分："你这几个房钱够干什么的？你以后不必给房钱了，每个月给我几个烧饼好了。一开口就是'老房客'，老房客就该白住房？你也打听打听现在的市价，顶费要几条几条的，房租要一袋一袋的，我的房租不到市价的十分之一，人不可没有良心。你嫌贵，你别处租租试试看。你说年头不好，你没有钱，你可以住小房呀！谁叫你住这么大的一所？没有钱，就该找三间房忍着去，你还要场面？你要是一个钱都没有，就该白住房么？我一家子指着房钱吃饭哪！你也不是我的儿子，我为什么让你白住？……"

房客方面也追加理由如下："我这么多年没欠过租，我们的友谊要紧。房钱不是没有长过，我自动地还给你长过一次呢，要说是市价一间一袋的话，那不合法，那是高抬物价，压迫无产阶级，市侩作风，说到哪里也是你没理。人不可不知足，你要长到多少才叫够？我的薪水也并没有跟着物价长。才几个月的工夫，又啰嗦着要长房租，亏你说得出口！你是房东、资产阶级，你不知没房住的苦，何必在穷人身上打算盘？不用费话了，等我的薪水下次调整，也给你加一点，多少总得加你一点，这个月还是这么多，你爱拿不拿！你不拿，我放在提存处去，不是我欠租。……"

闹到这个地步，关系该断绝了罢？啊不。房客赌气搬家，不，这个气赌不得，赌财不赌气。房东撵房客搬家，更不行，撵人搬家是最伤天害理的事，谁也不同情，而且事实上也撵不动，房客像是生了根一般。打官司么？房东心里明白：请律师递状、开庭、试行和解、开庭辩论、宣判、二审、三审、执行，这一套程序不要两年也得一年半，不合算。没法子，怄罢。房东和房客就这样地在怄着。

世界上就没有人懂得一点宾主之谊、客客气气、好来好散的么？有。不过那是在"君子国"里。

白猫王子

白猫王子到我们家里来是很偶然的。

有一天菁清在香港买东西，抱着夹着拎着大包小笼地在街上走着，突然啪的一声有物自上面坠下，正好打在她的肩膀上。低头一看，毛茸茸的一个东西，还直动弹，原来是一只黄鸟，不知是从什么地方落下来的，黄口小雏，振翅乏力，显然是刚学起飞而力有未胜。菁清勉强腾出手来，把它放在掌上，它身体微微颤动，睁着眼睛痴痴地望。她不知所措，丢下它于心不忍。《颜氏家训》有云："穷鸟入怀，仁人所悯。"仓卒间亦不知何处可以买到鸟笼。因为她正要到银行去有事，就捧着它进了银行，把它放在柜台上面，行员看了奇怪，攀谈起来，得知银行总经理是一位爱鸟的人，他家里用整间的房屋做鸟笼。当即把总经理请了出来，他欣然承诺把鸟接了过去。路边孤雏总算有了最佳归宿，不知如今羽毛丰满了未？

有一天夜晚在台北，菁清在一家豆浆店消夜后步行归家，瞥见一条很小的跛脚的野狗，一瘸一拐地在她身后亦步亦趋。跟了好几条街。看它瘦骨嶙峋的样子大概是久矣不知肉味，她买了两个包子喂它，狼吞虎咽如风卷残云，索性又喂了它两个。从此它就跟定了她，一直跟到家门口。她打开街门进来，狗在门外用爪子挠门，大声哭叫，它也想进来。我们家在七层楼上，相当逼仄，不宜养犬。但是过了一小时再去探望，它仍守在门口不去。无可奈何托一位朋友把它抱走，以后下落就不明了。

以上两桩小事只是前奏，真正和我们结了善缘的是我们的白猫王子。

普通人家养猫养狗都要起个名字，叫起来方便，而且豢养的不止一只，没有名字也不便识别。我们的这只猫没有名字，我们就叫它猫咪或咪咪。白猫王子是菁清给它的封号，凡是封号都不该轻易使用，没有人把谁的封号整天价挂在嘴边乱嚷乱叫的。

白猫王子到我们家里来是很偶然的。

一九七八年三月三十日，我的日记本上有这样的一句："菁清抱来一只小猫，家中将从此多事矣。"缘当日夜晚，风狂雨骤，菁清自外归来，发现一只很小很小的小猫局局缩缩地蹲在门外屋檐下，身上湿漉漉的，叫的声音细如游丝，她问左邻右舍这是谁家的猫，都说不知道。于是因缘凑合，这只小猫就成了我们家中的一员。

惭愧家中无供给，那一晚只能飨以一碟牛奶，像外国的小精灵扑克似的，它把牛奶舐得一干二净，舐饱了之后它用爪子洗洗脸，伸胳膊拉腿地倒头便睡，真是粗豪之至。我这才有机会端详它的小模样。它浑身雪白（否则怎能赐以白猫王子之嘉名？），两个耳朵是黄的，脑顶上是黄的中间分头路，尾巴是黄的。它的尾巴可有一点怪，短短的而且是弯曲的，里面的骨头是弯的，永远不能伸直。起初我们觉得这是畸形，也许是受了什么伤害所致，后来听兽医告诉我们这叫做麒麟尾，一万只猫也难得遇到一只有麒麟尾。麒麟是什么样子，谁也没见过，不过图画中的麒麟确是卷尾巴，而且至少卷一两圈。没有麒麟尾，它还称得上是白猫王子么？

在外国，猫狗也有美容院。我在街上隔着窗子望进去，设备堂皇，清洁而雅致，服务项目包括梳毛、洗澡、剪指甲以及马杀鸡之类。开发中的国家当然不至荒唐若是。第一桩事需要给我的小猫做的便是洗个澡。菁清问我怎个洗法，我也不知道。我只知道猫怕水，扔在水里会淹死，所以必须干洗。记得从前家里洗羊毛袄的皮筒子，是用黄豆粉麝樟脑，在毛皮上干搓，然后梳刷。想来对猫亦可如法炮制。黄豆粉不可得，改用面粉，效果不错。只是猫不知道我们对它要下什么毒手，拼命抗拒，在一人按捺一人搓洗之下勉强竣事，我对镜一看我自己几乎像是"打面缸"里的大老爷！后来我们发现洗猫有专用的洗粉，不但洗得干净，而且香喷喷的。猫也习惯，察知我们没有恶意，服服帖帖地让菁清给它洗，不需要我在一边打下手了。

国人大部分不爱喝牛奶，我国的猫亦如是。小时候"有奶便是娘"，稍大一些便不是奶所能满足。打开冰箱煮一条鱼给它吃，这一开端便成了例。小鱼不吃，要吃大鱼；陈鱼不吃，要吃鲜鱼；隔夜冰冷的剩鱼不吃，要现煮的温热的才吃……起先是什么鱼都吃，后来有挑有拣，现在则专吃新鲜的沙丁鱼。兽医说，喂鱼要先除刺，否则鲠在喉里要开刀，扎在胃里要出血。记得从前在北平也养过猫，一天买几个铜板的薰鱼担子上的猪肝，切成细末拌入饭中，猫吃得痛痛快快。大概现在时代不同了，好多人只吃菜不吃饭，猫也拒食碳水化合物了。可是飨以外国的猫食罐头以及开胃的猫零食，它又觉得不对味口，别的可以洋化，吃则仍主本位文化。偶然给了它一个茶叶蛋的蛋黄，它颇为欣赏，不过掰碎了它不吃，它要整个的蛋黄，用舌头舔得团团转，直到舔得无可再舔而后止。夜晚一点钟街上卖茶叶蛋的老人沙哑的一声"五香茶叶蛋"，它便悚然以惊，竖起耳朵喵喵叫。铁石心肠也只好披衣下楼买来给它消夜。此外我们在外宴会总是不会忘记带回一包烤鸭或炸鸡之类作为它的打牙祭。

吃只是问题的一半，吃下去的东西会消化，消化之后剩余的渣滓要排出体外，这问题就大了。白猫王子有四套卫生设备，楼上三套，楼下一套。猫比小孩子强得多，无须教就会使用它的卫生设备。街上稍微偏僻一点的地方常见有人"脚向墙头八字开"，红砖道上星棋罗布的狗屎更是无人不知的。我们的猫没有这种违警行为，它知道在什么地方做什么事。只是它的洁癖相当烦人，四个卫生设备用过一次便需清理现场，换沙土，否则它会呜呜地叫。不过这比起许多人用过马桶而不冲水的那种作风似又不可同日而语。为了保持清洁，我们在设备上里里外外喷射猫狗特用的除臭剂，它表示满意。

猫长得很快，食多事少，焉得不胖？运动器材如橡皮鼠、不倒翁、小布人，都玩过了。它最感兴趣的是乒乓球，在地毯上追逐翻滚身手矫健。但是它渐渐发福了，先从腹部胖起，然后有了双下巴颏，脑勺子后面起了一道肉轮。把乒乓球抛给它，它只在球近身时用爪子拨一下，像打高尔夫的大老爷之需要一个球僮。它不到一岁，已经重到九公斤，抱着它上下楼，像是抱着一个大西瓜。它吃了睡，睡了吃，不做任何事——可是猫能做什么呢？家里没有老鼠，所以它无用武之地，好像它不安于饱食终日无所用心的境界，于是偶尔抓蟑螂、抓蚰蜒、抓苍蝇、抓蚊蚋。此外便是舐爪子抹脸了。

胖还不要紧，要紧的是春将来到，屋里怕关不住它。划出阳台一部分，宽五尺长三十尺，围以铁栏杆，可以容纳几十只猫，晴朗之日它在里面可以晒太阳，可以观街景。听见远处猫叫，它就心惊。万一我们照顾不到，它冲出门外，它是没有法子能再回来的。我们失掉一只猫，这打击也许尚可承受，猫失掉了我们，便后果堪虞了。菁清和我商量了好几次，拿不定主意。不是任其自然，便是动阉割手术。凡是有过任何动手术的经验的人都该知道，非不得已谁也不愿轻试。给猫行这种手术据说只要十五分钟就行了。我们还是不放心，打电话问几家兽医院，都说是小手术，麻药针都不必打，闻之骇然。最后问到"国际犬猫专医院"辜泰堂兽医师，他说当然要麻药针，否则岂不痛死？我们这才下了决心，带猫到医院去。

猫装进小笼，提着进入计程车，它便开始惨叫，大概以为是绑赴刑场。放在手术台上便开始哀鸣，大概以为是要行刑。其实是刑，是腐刑，动员四个人，才得完成手术，我躲在室外，但闻室内住院的几只猫狗齐鸣。事后抱回家里，休养了约一星期，医师出诊两次给它拆线敷药。此后猫就长得更快、更胖、更懒。关于这件事我至今觉得歉然，也许长痛不如短痛，可是我事前没有征求它的同意。旋思世上许多事情都未经过同意 —— 人来到世上，离开世上，可又征求过同意？

有朋友看见我养猫就忠告我说，最好不要养猫。猫的寿命大概十五六年，它也有生老病死。它也会给人带来悲欢离合的感触。一切苦恼皆由爱生。所以最好是养鱼，鱼在水里，人在水外，几曾听说过人爱鱼，爱到摩它、抚它、抱它、亲它的地步？养鱼只消喂它，侍候它，隔着鱼缸欣赏它，看它悠然而游，人非鱼亦知鱼之乐。一旦鱼肚翻白，也不会有太多的伤痛。这番话是对的，可惜来得太晚了。白猫王子已成为家里的一分子，只是没有报户口。

白猫王子的姿势很多，平伸前腿昂首前视，有如埃及人面狮身像谜一样的庄严神秘。侧身卧下，弓腰拳腿，活像是一颗大虾米。缩颈眯眼，藏起两只前爪，又像是老僧入定。睡时常四脚朝天，露出大肚子作坦腹东床状，睡醒伸懒腰，将背拱起，像骆驼。有时候它枕着我的腿而眠，压得我腿发麻。有时候躲在门边墙角，露出半个脸，斜目而视，好像是逗人和它捉迷藏。有时候又突然出人不意跳过来抱我的腿咬——假咬。有时候体罚不能全免，菁清说不可以没有管教，在毛厚肉多的地方打几巴掌，立见奇效，可是它会一两天不吃饭，以背向人，菁清说是伤了它的自尊。

据我所知，英国文人中最爱猫的是十八世纪的斯玛特（Smart），是诗人也是疯子。他的一首无韵诗《大卫之歌》第十九节第五十行起及整个的第二十节，都是描述他的猫乔佛莱。有几部分写得极好，例如：

上帝的光在东方刚刚出现，他即以他的方式去礼拜。

其方式是弓身七次，优美而迅速。

然后他跳起捉麝球，这是他求上帝赐给他的恩物。

他连翻带滚地闹着玩。

做完礼拜受了恩宠之后他开始照顾他自己。

他分为十个步骤去做。

首先看看前爪是否干净。

第二是向后踢几下以腾出空间。

第三是伸前爪欠身做体操。

第四是在木头上磨他的爪。

第五是洗浴。

第六是浴罢翻滚。

第七是为自己除蚤，以免巡游时受窘。

第八是靠一根柱子摩擦身体。

第九是抬头听取指示。

第十是前去觅食。

⋯⋯⋯⋯⋯

他是属于虎的一族。

虎是天使，猫是小天使。

他有蛇的狡狯与嘘嘘声，但他禀性善良能克制自己。

如吃得饱，他不做破坏的事，若未被犯他亦不唾。

上帝夸他乖，他做呜呜声表示感谢。

他是为儿童学习仁慈的一个工具。

没有猫，每个家庭不完备，幸福有缺憾。

我们的白猫王子和英国的乔佛莱又有什么两样？

一九七九年三月三十日是猫来我家一周岁的纪念日，不可不饮宴，以为庆祝。菁清一年的辛劳换来不少温馨与乐趣，而兽医师辜泰堂先生维护它的健康，大德尤不可忘，乃肃之上座，酌以醴浆。我并且写了一个小条幅送给他，文曰，"是乃仁心仁术　泽及小狗小猫"。

父母的爱

一个孩子，自从呱呱堕地，父母就开始爱他，鞠之育之，不辞劬劳。

父母的爱是天地间最伟大的爱。一个孩子，自从呱呱堕地，父母就开始爱他，鞠之育之，不辞劬劳。稍长，令之就学，督之课之，唯恐不逮。及其成人，男有室，女有归，虽云大事已毕，父母之爱固未尝稍杀。父母的爱没有终期，而且无时或弛。父母的爱也没有差别，看着自己的孩子牙牙学语，无论是伶牙利齿或笨嘴糊腮，都觉得可爱。眉清目秀的可爱，浓眉大眼的也可爱，天真活泼的可爱，调皮捣蛋的也可爱，聪颖的可爱，笨拙的也可爱，像阶前的芝兰玉树固然可爱，癫痫头儿子也未尝不可爱，只要是自己生的。甚至于孩子长大之后，陂行荡检，贻父母忧，父母除了骂他恨他之外还是对他保留一份相当的爱。

父母的爱是天生的，是自然的，如天降甘霖，霈然而莫之能御，是无条件的施与而不望报。父母子女之间的这一笔账是无从算起的。父母的鞠育之恩，子女想报也报不完，正如《诗经·蓼莪》所说："父兮生我，母兮鞠我。拊我畜我，长我育我，顾我复我，出入腹我。欲报之德，昊天罔极。"父母之恩像天一般高一般大，如何能报得了？何况岁月不待人，父母也不能长在，像陆放翁的诗句"早岁已兴风木叹，余生永废蓼莪篇"正是人生长恨，千古同嗟！

古圣先贤，无不劝孝。其实孝也是人性的一部分，也是自然的，否则劝亦无大效。父母子女间的相互的情爱都是天生的。不但人类如此，一切有情莫不皆然。我不大敢信禽兽之中会有枭獍。

父母爱子女，子女不久长大也要变成为父母，也要爱其子女。所以父母之爱像是连锁一般，代代相续，传继不绝。《易》云："天地之大德曰生。"维护人类生命之最大的、最原始的、最美妙的、最神秘的力量莫过于父母的爱。让我们来赞颂父母的爱！

谈友谊

"君子之交淡如水",因为淡所以才能不腻,才能持久。

朋友居五伦之末,其实朋友是极重要的一伦。所谓友谊实即人与人之间的一种良好的关系,其中包括了解、欣赏、信任、容忍、牺牲……诸多美德。如果以友谊做基础,则其他的各种关系如父子、夫妇、兄弟之类均可圆满地建立起来。当然父子、兄弟是无可选择的永久关系,夫妇虽有选择余地,但一经结合便以不再仳离为原则,而朋友则是有聚有散可合可分的。不过,说穿了,父子、夫妇、兄弟都是朋友关系,不过形式性质稍有不同罢了。严格地讲,凡是充分具备一个好朋友的条件的人,他一定也是一个好父亲、好儿子、好丈夫、好妻子、好哥哥、好弟弟。反过来亦然。

我们的古圣先贤对于交友一端是甚为注重的。《论语》里面关于交友的话很多。在西方亦是如此。罗马的西塞罗有一篇著名的《论友谊》，法国的蒙田、英国的培根、美国的爱默生，都有论友谊的文章。我觉得近代的作家在这个题目上似乎不大肯费笔墨了。这是不是叔季之世友谊没落的征象呢？我不敢说。

古之所谓"刎颈交"，陈义过高，非常人所能企及。如Damon与Pythias，David与Jonathan，怕也只是传说中的美谈罢。就是把友谊的标准降低一些，真正能称得起朋友的还是很难得。试想一想，如有银钱经手的事，你信得过的朋友能有几人？在你蹭蹬失意或疾病患难之中还肯登门拜访乃至雪中送炭的朋友又有几人？你出门在外之际对于你的妻室弱媳肯加照顾而又不照顾得太多者又有几人？再退一步，平素投桃报李，莫逆于心，能维持长久于不坠者，又有几人？总角之交，如无特别利害关系以为维系，恐怕很难在若干年后不变成为路人。富兰克林说："有三个朋友是忠实可靠的 —— 老妻、老狗与现款。"妙的是这三个朋友都不是朋友。倒是亚里士多德的一句话最干脆："我的朋友们啊！世界上根本没有朋友。"这些话近于愤世嫉俗，事实上世界里还是有朋友的，不过虽然无须打着灯笼去找，却是像沙里淘金而且还需要长时间的洗炼。一旦真铸成了友谊，便会金石同坚，永不退转。

大抵物以类聚，人以群分。臭味相投，方能永以为好。交朋友也讲究门当户对，纵不必像九品中正那么严格，也自然有个界线。"同学少年多不贱，五陵裘马自轻肥"，于"自轻肥"之余还能对着往日的旧游而不把眼睛移到眉毛上边去么？汉光武容许严子陵把他的大腿压在自己的肚子上，固然是雅量可风，但是严子陵之毅然决然地归隐于富春山，则尤为知趣。朱洪武写信给他的一位朋友说："朱元璋做了皇帝，朱元璋还是朱元璋……"话自管说得很漂亮，看看他后来之诛戮功臣，也就不免令人心悸。人的身心构造原是一样的，但是一入宦途，可能发生突变。孔子说"无友不如己者"，我想一来只是指品学而言，二来只是说不要结交比自己坏的，并没有说一定要我们去高攀。友谊需要两造，假如双方都想结交比自己好的，那便永远交不起来。

好像是王尔德说过，"一个男人与一个女人之间是不可能有友谊存在的"。就一般而论，这话是对的，因为男女之间如有深厚的友谊，那友谊容易变质，如果不是心心相印，那又算不得是友谊。过犹不及，那分际是难以把握的。忘年交倒是可能的。祢衡年未二十，孔融年已五十，便相交友，这样的例子史不绝书，但似乎是也以同性为限。并且以我所知，忘年交之形成固有赖于兴趣之相近与互相之器赏，但年长的一方面多少需要保持一点童心，年幼的一方面多少需要显着几分老成。老气横秋则令人望而生畏，轻薄儇佻则人且避之若浼。单身的人容易交朋友，因为他的情感无所寄托，漂泊流离之中最需要一个一倾积愫的对象，可是等到他有红袖添香、稚子候门的时候，心境便不同了。

"君子之交淡如水"，因为淡所以才能不腻，才能持久。"与朋友交，久而敬之"，敬也就是保持距离，也就是防止过分的亲昵。不过"狎而敬之"是很难的。最要注意的是，友谊不可透支，总要保留几分。Mark Twain说："神圣的友谊之情，其性质是如此的甜蜜、稳定、忠实、持久，可以终身不渝，如果不开口向你借钱。"这真是慨乎言之。朋友本有通财之谊，但这是何等微妙的一件事！世上最难忘的事是借出去的钱，一般认为最倒霉的事又莫过于还钱。一牵涉到钱，恩怨便很难清算得清楚，多少成长中的友谊都被这阿堵物所戕害！

　　规劝乃是朋友中间应有之义，但是谈何容易。名利场中，沆瀣一气，自己都难以明辨是非，哪有余力规劝别人？而在对方则又良药苦口忠言逆耳，谁又愿意让人批他的逆鳞？规劝不可当着第三者的面前行之，以免伤他的颜面，不可在他情绪不宁时行之，以免逢彼之怒。孔子说："忠告而善道之，不可则止。"我总以为劝善规过是友谊之消极的作用。友谊之乐是积极的。只有神仙与野兽才喜欢孤独，人是要朋友的。"假如一个人独自升天，看见宇宙的大观、群星的美丽，他并不能感到快乐，他必要找到一个人向他述说他所见的奇景，他才能快乐。"共享快乐，比共受患难，应该是更正常的友谊中的趣味。

旁若无人

这世界上除了自己还有别人，人形的豪猪既不止我一个，最好是把自己的大大小小的刺毛收敛一下，不必像孔雀开屏似的把自己的刺毛都尽量地伸张。

在电影院里，我们大概都常遇到一种不愉快的经验。在你聚精会神地静坐着看电影的时候，会忽然觉得身下坐着的椅子颤动起来，动得很匀，不至于把你从座位里掀出去，动得很促，不至于把你颠摇入睡，颤动之快慢急徐，恰好令你觉得他讨厌。大概是轻微地震罢？左右探察震源，忽然又不颤动了。在你刚收起心来继续看电影的时候，颤动又来了。如果下决心寻找震源，不久就可以发现，毛病大概是出在附近的一位先生的大腿上。他的足尖踏在前排椅撑上，绷足了劲，利用腿筋的弹性，很优游地在那里发抖。如果这拘挛性的动作是由于羊癫疯一类的病症的暴发，我们要原谅他，但是不像，他嘴里并不吐白沫。看样子也不像是神经衰弱，他的动作是能收能发的，时作时歇，指挥如意。若说他是有意使前后左右两排座客不得安生，却也不然。全是陌生人无仇无恨，我们站在被害人的立场上看，这种变态行为只有一种解释，那便是他的意志过于集中，忘记旁边还有别人，换言之，便是"旁若无人"的态度。

"旁若无人"的精神表现在日常行为上者不止一端。例如欠伸，原是常事，"气乏则欠，体倦则伸"。但是在稠人广众之中，张开血盆巨口，作吃人状，把口里的獠牙显露出来，再加上伸胳臂伸腿如演太极，那样子就不免吓人。有人打哈欠还带音乐的，其声呜呜然，如吹号角，如鸣警报，如猿啼，如鹤唳，音容并茂。《礼记》："侍坐于君子，君子欠伸，撰杖屦，视日蚤莫，侍坐者请出矣。"是欠伸合于古礼，但亦以"君子"为限，平民岂可援引！对人伸胳臂张嘴，纵不吓人，至少令人觉得你是在逐客，或是表示你自己不能管制你自己的肢体。

邻居有叟，平常不大回家，每次归来必令我闻知。清晨有三声喷嚏，不只是清脆，而且宏亮，中气充沛。根据那声音之响我揣测必有异物入鼻，或是有人插入纸捻，那声音撞击在脸盆之上有金石声！随后是大排场的漱口，真是排山倒海，犹如骨鲠在喉，又似苍蝇下咽。再随后是三餐的饱嗝，一串串的咯声，像是下水道不甚畅通的样子。可惜隔着墙没能看见他剔牙，否则那一份刮垢磨光的钻探工程，场面也不会太小。

这一切"旁若无人"的表演究竟是偶然突发事件，经常令人困恼的乃是高声谈话。在喊"救命"的时候，声音当然不嫌其大，除非是脖子被人踩在脚底下，但是普通的谈话似乎可以令人听见为度，而无须一定要力竭声嘶地去振聋发聩。生理学家告诉我们，发音的器官是很复杂的，说话一分钟要有九百个动作，有一百块筋肉在弛张；但是大多数人似乎还嫌不足，恨不得嘴上再长一个扩大器。有个外国人疑心我们国人的耳鼓生得异样，那层膜许是特别厚，非扯着脖子喊不能听见，所以说话总是像打架。这批评有多少真理，我不知道。不过我们国人会嚷的本领，是谁也不能否认的。电影场里电灯初灭的时候，总有几声"嗳哟，小三儿，你在哪儿哪？"在戏院里，演员像是演哑剧，大锣大鼓之声依稀可闻，主要的声音是观众鼎沸，令人感觉好像是置身蛙塘。在旅馆里，好像前后左右都是庙会，不到夜深休想安眠，安眠之后难免没有响皮底的大皮靴，毫无惭愧地在你门前踱来踱去。天未大亮，又有各种市声前来侵扰。一个人大声说话，是本能；小声说话，是文明。以动物而论，狮吼、狼嗥、虎啸、驴鸣、犬吠，即是小如促织、蚯蚓，声音都不算小，都不会像人似的有时候也会低声说话。大概文明程度愈高，说话愈不以声大见长。群居的习惯愈久，愈不容易存留"旁若无人"的幻觉。我们以农立国，乡间地旷人稀，畎亩阡陌之间，低声说一句"早安"是不济事的，必得扯长了脖子喊一声"你吃过饭啦？"可怪的是，在人烟稠密的所在，人的喉咙还是不能缩小。更可异的是，纸驴嗓、破锣嗓、喇叭嗓、公鸡嗓，并不被一般地认为是缺陷，而且麻衣相法还公然地说，声音洪亮者主贵！

叔本华有一段寓言：

　　一群豪猪在一个寒冷的冬天挤在一起取暖；但是他们的刺毛开始互相击刺，于是不得不分散开。可是寒冷又把他们驱在一起，于是同样的事故又发生了。最后，经过几番的聚散，他们发现最好是彼此保持相当的距离。同样的，群居的需要使得人形的豪猪聚在一起，只是他们本性中的带刺的令人不快的刺毛使得彼此厌恶。他们最后发现的使彼此可以相安的那个距离，便是那一套礼貌；凡违犯礼貌者便要受严词警告——用英语来说——请保持相当距离。用这方法，彼此取暖的需要只是相当地满足了；可是彼此可以不至互刺。自己有些暖气的人情愿走得远远的，既不刺人，又可不受人刺。

逃避不是办法。我们只是希望人形的豪猪时常地提醒自己：这世界上除了自己还有别人，人形的豪猪既不止我一个，最好是把自己的大大小小的刺毛收敛一下，不必像孔雀开屏似的把自己的刺毛都尽量地伸张。

健忘

忘不一定是坏事。能主动地彻底地忘，需要上乘的功夫才办得到。

是爱迪生吧？他一手持蛋，一手持表，准备把蛋下锅煮五分钟，但是他心里想的是一桩发明，竟把表投在锅里，两眼盯着那个蛋。

是牛顿吧？专心做一项实验，忘了吃摆在桌上的一餐饭。有人故意戏弄他，把那一盘菜肴换为一盘吃剩的骨头。他饿极了，走过去吃，看到盘里的骨头叹口气说："我真糊涂，我已经吃过了。"

这两件事其实都不能算是健忘，都是因为心有所旁骛，心不在焉而已。废寝忘餐的事例，古今中外尽多的是。真正患健忘症的，多半是上了年纪的人。小小的脑壳，里面能装进多少东西？从五六岁记事的时候起，脑子里就开始储藏这花花世界的种种印象，牙牙学语之后，不久又"念、背、打"，打进去无数的诗云、子曰，说不定还要硬塞进去一套ABCD，脑海已经填得差不多，大量的什么三角儿、理化、中外史地之类又猛灌而入，一直到了成年，脑子还是不得轻闲，做事上班、养家糊口，无穷无尽的阘茸事由需要记挂，脑子里挤得密不通风，天长日久，老态荐臻，脑子里怎能不生锈发霉而记忆开始模糊？

人老了，常易忘记人的姓名。大概谁都有过这样的经验：蓦地途遇半生不熟的一个人，握手言欢老半天，就是想不起他的姓名，也不好意思问他尊姓大名，这情形好尴尬，也许事后于无意中他的姓名猛然间涌现出来，若不及时记载下来，恐怕随后又忘到九霄云外。人在尚未饮忘川之水的时候，脑子里就开始了清仓的活动。范成大诗："僚旧姓名多健忘，家人长短总伴聋。"僚旧那么多，有几个能令人长相忆？即使记得他相貌特征，他的姓名也早已模糊了，倒是他的绰号有时可能还记得。

不过也有些事是终身难忘的，白居易所谓"老来多健忘，惟不忘相思"。当然相思的对象可能因人而异。大概初恋的滋味是永远难忘的，两团爱凑在一起，迸然爆出了火花，那一段惊心动魄的感受，任何人都会珍藏在他和她的记忆里，忘不了，忘不了。"春风得意马蹄疾"的得意事，不容易忘怀，而且唯恐大家不知道。沮丧、窝囊、羞耻、失败的不如意事也不容易忘，只是捂捂盖盖地不愿意一再地抖露出来。

忘不一定是坏事。能主动地彻底地忘，需要上乘的功夫才办得到。《孔子家语》："哀公问于孔子曰：'寡人闻忘之甚者，徙而忘其妻，有诸？'孔子曰：'此犹未甚者也。甚者乃忘其身。'"徙而忘其妻，不足为训，但是忘其身则颇有道行。人之大患在于有身，能忘其身即是到了忘我的境界。常听人说，忘恩负义乃是最令人难堪的事之一。莎士比亚有这样的插曲：

　　　　吹，吹，冬天的风，
　　　　你不似人间的忘恩负义
　　　　　那样的伤天害理；
　　　　你的牙不是那样的尖，
　　　　因为你本是没有形迹，
　　　　　虽然你的呼吸甚厉。……

冻，冻，严酷的天，

你不似人间的负义忘恩

　那般的深刻伤人；

虽然你能改变水性，

你的尖刺却不够凶，

　像那不念旧交的人。……

其实施恩示义的一方，若是根本忘怀其事，不在心里留下任何痕迹，则对方根本也就像是无恩可忘无义可负了。所以崔瑗《座右铭》有"施人慎勿念，受施慎勿忘"之语。玛克斯·奥瑞利阿斯说："我们遇到忘恩负义的人不要惊讶，因为世界上就是有这样的一种人。"这种见怪不怪的说法，虽然洒脱，仍嫌执着，不是最上乘义。《列子·周穆王》篇有一段较为透彻的见解：

　宋阳里华子，中年病忘。朝取而夕忘，夕与而朝忘；在途则忘行，在室则忘坐；今不识先，后不识今。阖家苦之。巫医皆束手无策。鲁有儒生自媒能治之。华子之妻以所蓄资财之半求其治疗之方。儒生曰："此非祈祷药石所能治。吾试化导其心情，改变其思虑，或可愈乎？"于是试露之，而求衣；饥之，而求食；幽之，而求明。儒生欣然告其子曰："疾可除也，然吾之方秘密传授，不以告人。试屏左右，我一人与病者同室为之施术七日。"从之。不知其所用何术，而多年之疾一旦尽除。华子既悟，乃大怒，处罚妻子，操戈逐儒生。宋人止之，问其故。华子曰："曩吾忘也，荡荡然不觉天地之有无。今顿识既往，数十年来存亡得失、哀乐好恶，扰扰万绪起矣。吾恐将来之存亡得失、哀乐好恶之乱吾心如此也。须臾之忘，可复得乎？"子贡闻而怪之。孔子曰："此非汝所及也。"

人而健忘，自有诸多不便处。有人曾打电话给朋友，询问自己家里的电话号码。也有人外出餐叙，餐毕回家而忘了自家的住址，在街头徘徊四顾，幸而遇到仁人君子送他回去。更严重的是有人忘记自己是谁，自己的姓名、住址一概不知，真所谓物我两忘，结果只好被人送进警局招领。像华子所向往的那种"荡荡然不觉天地之有无"的境界，我们若能偶然体验一下，未尝不可，若是长久的那样精进而不退转，则与植物无大差异，给人带来的烦扰未免太大了。

请客

菜单拟订的原则是把客人一个个地填得嘴角冒油。而客人所希冀的也往往是一场牙祭。

常听人说:"若要一天不得安,请客;若要一年不得安,盖房;若要一辈子不得安,娶姨太太。"请客只有一天不得安,为害不算太大,所以人人都觉得不妨偶一为之。

所谓请客,是指自己家里邀集朋友便餐小酌。至于在酒楼饭店"铺筵席,陈尊俎",呼朋引类,飞觞醉月,享用的是金樽清酒、玉盘珍馐,最后一哄而散,由经手人员造账报销,那种宴会只能算是一种病狂或是罪孽,不提也罢。

妇主中馈,所以要请客必须先归而谋诸妇。这一谋,有分教,非十天半月不能获致结论,因为问题牵涉太广,不能一言而决。

　　首先要考虑的是请什么人。主客当然早已内定，陪客的甄选大费酌量。眼睛生在眉毛上边的宦场中人，吃不饱饿不死的教书匠，一身铜臭的大腹贾，小头锐面的浮华少年……若是聚在一个桌上吃饭，便有些像是鸡兔同笼，非常勉强。把夙未谋面的人拘在一起，要他们有说有笑，同时食物都能顺利地从咽门下去，也未免强人所难。主人从中调处，殷勤了这一位，怠慢了那一位，想找一些大家都有兴趣的话题亦非易事。所以客人需要分类，不能鱼龙混杂。客的数目视设备而定，若是能把所有该请的客人一网打尽，自然是经济算盘，但是算盘亦不可打得太精。再大的圆桌面也不过能坐十三四个体态中型的人。说来奇怪，客人单身者少，大概都有宝眷，一请就是一对，一桌只好当半桌用。有人请客宽发笺帖，心想总有几位心领谢谢，万想不到人人惠然肯来，而且还有一位特别要好的带来一个七八岁的小宝宝！主人慌忙添座，客人谦让，"孩子坐我腿上！"大家挤挤攘攘，其中还不乏中年发福之士，把圆桌围得密不通风，上菜需飞越人头，斟酒要从耳边下注，前排客满，主人在二排敬陪。

拟菜单也不简单。任何家庭都有它的招牌菜，可惜很少人肯用其所长，大概是以平素见过的饭馆酒席的局面作为蓝图。家里有厨师厨娘，自然一声吩咐，不再劳心，否则主妇势必亲自下厨操动刀俎。主人多半是擅长理论，真让他切葱剥蒜都未必能够胜任。所以拟定菜单，需要自知之明，临时"钻锅"翻看食谱未必有济于事。四冷荤、四热炒、四压桌，外加两道点心，似乎是无可再减；大鱼大肉，水陆杂陈，若不能使客人连串地打饱嗝，不能算是尽兴。菜单拟订的原则是把客人一个个地填得嘴角冒油。而客人所希冀的也往往是一场牙祭。有人以水饺宴客，馅子是猪肉菠菜，客人咬了一口，大叫："哟，里面怎么净是青菜！"一般人还是欣赏肥肉厚酒，管它是不是烂肠之食！

　　宴客的吉日近了，主妇忙着上菜市，挑挑拣拣，拣拣挑挑，又要物美又要价廉，装满两个篮子，半途休憩好几次才能气喘汗流地回到家。泡的、洗的、剥的、切的，闹哄一两天，然后丑媳妇怕见公婆也不行，吉日到了。客人早已折简相邀，难道还会不肯枉驾？不，守时不是我们的传统。准时到达，岂不像是"头如穹庐咽细如针"的饿鬼？要让主人干着急，等他一催请再催请，然后徐徐命驾，姗姗来迟，这才像是大家风范。当然朋友也有特别性急而提早莅临的，那也使得主人措手不及，慌成一团。客人的性格不一样，有人进门就选一个比较最好的座位，两脚高架案上，真是宾至如归；也有人寒暄两句便一头扎进厨房，声称要给主妇帮忙，系着围裙伸着两只油手的主妇连忙谦谢不迭。等到客人到齐，无不饥肠辘辘。

落座之前还少不了你推我让的一幕。主人指定座位，时常无效，除非事前摆好名牌，而且写上官衔，分层排列，秩序井然。敬酒按说是主人的责任，但是也时常有热心人士代为执壶，而且见杯即斟，每斟必满。不知是什么时候什么人兴出来的陋习，几乎每个客人都会双手举杯齐眉，对着在座的每一位客人敬酒，一霎间敬完一圈，但见杯起杯落，如"兔儿爷捣碓"。不喝酒的也要把汽水杯子高高举起，虚应故事，喝酒的也多半是狞眉皱眼地抿那么一小口。一大盘热糊糊的东西端上来了，像翅羹，又像浆糊，一人一勺子，盘底花纹隐约可见，上面洒着的一层芫荽不知被哪一位像芟除毒草似的拨到了盘下，又不知被哪一位从盘下夹到嘴里吃了。还有人坚持海味非蘸醋不可，高呼要醋，等到一碟"忌讳"送上台面，海味早已不见了。菜是一道一道地上，上一道客人喊一次"太丰富，太丰富"，然后埋头大嚼，不敢后人。主人照例谦称："不成敬意，家常便饭。"心直口快的客人就许提出疑问："这样的家常便饭，怕不要吃穷了？"主人也只好噗哧一笑而罢。将近尾声的时候，大概总有一位要先走一步，因为还有好几处应酬。这时候主妇踱了进来，红头涨脸，额角上还有几颗没揩干净的汗珠。客人举起空杯向她表示慰劳之意，她坐下胡乱吃一些残羹剩炙。

席终，香茗、水果伺候，客人靠在椅子上剔牙，这时节应该是客去主人安了。但是不，大家雅兴不浅，谈锋尚健，饭后磕牙，海阔天空，谁也不愿首先言辞，致败人意。最后大概是主人打了一个哈欠而忘了掩口，这才有人提议散会。天下无不散之筵席，奈何奈何？不要以为席终人散，立即功德圆满，地上有无数的瓜子皮、纸烟灰，桌上杯碟狼藉，厨房里有堆成山的盘碗锅勺，等着你办理善后！

喜筵

礼成之后，观众入席，事实上大批观众早已入席，有的是熟人旧识呼朋引类霸占一方，有的是各色人等杂拼硬凑。

清梁晋竹《两般秋雨庵随笔》有这样一段：

湖南麻阳县，某镇，凡红白事，戚友不送套礼，只送份金，始于一钱而极于七钱，盖一阳之数也。主人必设宴相待，一钱者食一菜，三钱者三菜，五钱者遍毂，七钱者加簋。故宾客虽一时满堂，少选，一菜进，则堂隅有人击小钲而高唱曰："一钱之客请退！"于是纷然而散者若干人。三菜进，则又唱："三钱之客请退！"于是纷然而散者又若干人。五钱以上不击，而客已寥寥矣。

167

我初看几乎不敢相信有此等事。"夫礼，禁乱之所由生。"所以我们礼义之邦最重礼防。"名位不同，礼亦异数。"所以礼数亦不能人人平等。但是麻阳县某镇安排喜筵的方式，纵然秩序井然，公平交易，那一钱、三钱之客奉命退席，究竟脸上无光，心中难免惭恧，就是五钱、七钱之客，怕也未必觉得坦然。乡曲陋俗，不足为训。我后来遇到一位朋友，他来自江苏江阴乡下，据他说他的家乡之治喜筵亦大致如此，不过略有改良。喜筵备齐之后，司仪高声喊叫："一元的客人入席！"一批人纷纷就座，本来菜数简单，一时风卷残云，鼓腹而退。随后布置停当，二元的客人大摇大摆地应声入席。最后是三元、四元的客人入座，那就是贵宾了。这分批入座的办法，比分别退席的办法要稍体面一些。

　　我小时候在北平也见过不少大张喜筵的局面。喜庆丧事往来，家家都有个礼簿。投桃报李，自有往例可循。簿上未列记录者，彼此根本不需理会。礼簿上分别注明，"过堂客"与"不过堂客"，堂客即是女眷之谓。所以永远不会有出人意外的阃第光临之事发生。送礼大概不外份金与席票二种。所谓席票，即是饭庄的礼券，最少两元，最多六元、八元不等。这种礼券当然可以随时兑取筵席，不过大部分的人都是把它收藏起来，将来转送出去。有时候送来送去，饭庄或者早已歇业。有时候持票兑取筵席，业者会报以白眼。北平的餐馆业分两种，一种是饭馆，大小不一，口味各异，乃普通饮宴之处；一种是饭庄，比较大亦比较旧，一律是山东菜，例如福寿堂、庆寿堂、天福堂等等，通常是称堂，有宽大的院落，甚至还有戏台。办红白事的人家可以借用其地，如果自己家里宽绰，也可令饭庄外会承办酒席。那时候用的是八仙桌，二人条凳，一桌坐六个人，因为有一面是敞着的，为的是便利主人敬酒、堂倌上菜。有时人多座少，也可以临时添个条凳打横。男女分座，男的那边固然是杯盘狼藉叫嚣震天，女的那边也不示弱，另有一番热闹。席上的菜数不外是四干、四鲜、四冷荤、四盘、四碗、四大件。大量生产的酒席，按说没有细活，一定偷工减料，但是不，上等饭庄的师傅们驾轻就熟，老于此道，普普通通的烩虾仁、溜鱼片、南煎丸子、烩两鸡丝……做得有滋有味，无懈可击。四大件一上桌，趴烂肘子、黄焖鸭子之类，可以把每个人都喂得嘴角流油。堂客就席，比较斯文，虽然她的颔下照例都挂上一块精致美观的围巾，像小儿的涎布一样，好像来者不善的样子，其实都很彬彬有礼。只是每位堂客身后照例有一位健仆，三河县的老妈儿，各个见多识广，眼明手快，主人敬酒之后，客人不动声色，老妈儿立刻采取行动，四干四鲜登时就如放抢一般抓进预备好的口袋，手法利落，疾如鹰隼。那时尚无塑胶袋之类，否则连汤连水的东西一齐可以纳入怀内。这一阵骚动之后，正菜上桌，老妈各为其主，代为夹菜，每人面前碟子乱七八糟地堆成一个小丘，同时还有多礼的客人相互布菜。趴烂肘子、黄焖鸭之类的大块文章，上桌亮相几秒钟就会被堂倌撤下，扬言代客拆碎，其实是换上一盘碎拼的剩菜充数，这是主人与饭庄预先约定的一着。如果运气好，一盘原装大菜可以亮相好几次。假如客人恶作剧，不容分说，对准了鸭子、肘子就是一筷子，主人也没有办法，只好暗道苦也苦也。

如今办喜事的又是一番气象。喜帖满天飞，按照职员录、同学录照抄不误，所以喜筵动辄二三十桌。我常看见客人站在收礼台前从荷包里抽出一叠钞票，一五一十地数着，往台上一丢，心安理得地进去吃喜酒了，连红封包裹的一层手续也省却了。好简便的一场交易。

前面正中有一桌，铺着一块红桌布，大家最好躲远一些。礼成之后，观众入席，事实上大批观众早已入席，有的是熟人旧识呼朋引类霸占一方，有的是各色人等杂拼硬凑。那红桌布是为新郎新娘而设，高据首座，家长与证婚人等则末座相陪。长幼尊卑之序此时无效。新娘是不吃东西的，象征性的进食亦偶尔一见。她不久就要离座，到后台去换行头，忽而红妆，遍体锦绣，忽而绿袄，浑身亮片，足折腾一气，一鼓作气，再而衰，三而竭，换上三套衣服之后来源竭矣。客人忙着吃喝，难得有人肯停下箸子瞥她一眼。那几套衣服恐怕此生此世永远不会再见天日。时装展览之后，新娘新郎又忙着逐桌敬酒，酒壶里也许装的是茶，没有人问，绕场一匝，虚应故事。可是这时节，客人有机会仔细瞻仰新人的风采，新娘的脸上敷了多厚的一层粉，眼窝涂得是否像是黑煤球，大家心里有数了。这时候，喜筵已近尾声，尽管鱼虾之类已接近败坏的程度，每桌上总有几位嗅觉不大灵敏而又有不择食的美德。只要不集体中毒，喜筵就算是十分顺利了。

炸丸子

我小时候，根本不懂什么五臭八珍，只知道小炸丸子最为可口。

我想人没有不爱吃炸丸子的，尤其是小孩。我小时候，根本不懂什么五臭八珍，只知道小炸丸子最为可口。肉剁得松松细细的，炸得外焦里嫩，入口即酥，不需大嚼，既不吐核，又不摘刺，蘸花椒盐吃，一口一个，实在是无上美味。可惜一盘丸子只有二十来个，桌上人多，分下来差不多每人两三个，刚把馋虫诱上喉头，就难以为继了。我们住家的胡同口有一个同和馆，近在咫尺，有时家里来客留饭，就在同和馆叫几个菜作为补充，其中必有炸丸子，亦所以餍我们几个孩子所望。有一天，我们两三个孩子偎在母亲身边闲话，我的小弟弟不知怎么的心血来潮，没头没脑地冒出这样的一句话："妈，小炸丸子要多少钱一碟？"我们听了轰然大笑，母亲却觉得一阵心酸，立即派佣人到同和馆买来一碟小炸丸子，我们两三个孩子伸手抓食，每人分到十个左右，心满意足。事隔七十多年，不能忘记那一回吃小炸丸子的滋味。

炸丸子上面加一个"小"字，不是没有缘由的。丸子大了，炸起来就不容易炸透。如果炸透，外面一层又怕炸过火。所以要小。有些馆子称之为樱桃丸子，也不过是形容其小。其实这是夸张，事实上总比樱桃大些。要炸得外焦里嫩有一个诀窍。先用温油炸到八分熟，捞起丸子，使稍冷却，在快要食用的时候投入沸油中再炸一遍。这样便可使外面焦而里面不至变老。

为了偶尔变换样子，炸丸子做好之后，还可以用葱花酱油芡粉在锅里勾一些卤，加上一些木耳，然后把炸好的丸子放进去滚一下就起锅，是为溜丸子。

如果用高汤煮丸子，而不用油煎，煮得白白嫩嫩的，加上一些黄瓜片或是小白菜心，也很可口，是为汆丸子。若是赶上毛豆刚上市，把毛豆剁碎羼在肉里，也很别致，是为毛豆丸子。

湖北馆子的蓑衣丸子也很特别，是用丸子裹上糯米，上屉蒸。蒸出来一个个的粘着挺然翘然的米粒，好像是披了一件蓑衣，故名。这道菜要做得好，并不难，糯米先泡软再蒸，就不会生硬。我不知道为什么湖北人特喜糯米，豆皮要包糯米，烧卖也要包糯米，丸子也要裹上糯米。我私人以为除了粽子汤团和八宝饭之外，糯米派不上什么用场。

北平酱肘子铺（即便宜坊）卖一种炸丸子，扁扁的，外表疙瘩噜苏，里面全是一些筋头麻脑的剔骨肉，价钱便宜，可是风味特殊，当做火锅的锅料用最为合适。我小时候上学，如果手头敷余，买个炸丸子夹在烧饼里，惬意极了，如今回想起来还回味无穷。

最后还不能不提到"乌丸子"。一半炸猪肉丸子，一半炸鸡胸肉丸子，盛在一个盘子里，半黑半白，很是别致。要有一小碗卤汁，蘸卤汁吃才有风味。为什么叫乌丸子，我不知道，大概是什么一位姓乌的大老爷所发明，故以此名之。从前有那样的风气，人以菜名，菜以人名，如潘鱼江豆腐之类皆是。

腌猪肉

据说一二四四至一七七二年，五百多年间只有八个人领到了这项腌猪肉奖。

英国爱塞克斯有一小城顿冒，任何一对夫妻来到这个地方，如果肯跪在当地教堂门口的两块石头上，发誓说结婚后整整十二个月之内从未吵过一次架，从未起过后悔不该结婚之心，那么他们便可获得一大块腌薰猪肋肉。这风俗据说起源甚古，是一一一一年一位贵妇名纠噶（Juga）者所创设，后来于一二四四年又由一位好事者洛伯特·德·菲兹瓦特（Robert de Fitzwalter）所恢复。据说一二四四至一七七二年，五百多年间只有八个人领到了这项腌猪肉奖。这风俗一直到十九世纪末年还没有废除，据说后来实行的地点搬到了伊尔福（Ilford）。文学作品里提到这腌猪肉的，最著者为巢塞《坎特伯来故事集》巴兹妇人的故事序，有这样的两行：

The bacon was nought fet for him, I trowe,
That some men feche in Essex at Dunmow.
（有些人在爱塞克斯的顿冒
领取猪肉，我知道他无法领到。）

　　五百多年才有八个人领到腌猪肉，可以说明一年之内闺房里没有勃谿的纪录实在是很难能可贵，同时也说明了人心实在甚古，没有人为了贪吃腌猪肉而去作伪誓。不过我相信，夫妻伴合过着如胶似漆的生活的人，所在多有，他们未必有机会到顿冒去，去了也未必肯到教堂门口下跪发誓，而且归去时行囊里如何放得下一大块肥腻腻的腌猪肉？

　　我知道有一对夫妻，洞房花烛夜，倒是一夜无话，可是第二天一清早起来准备外出，新娘着意打扮，穿上一套新装，左顾右盼，笑问夫婿款式入时无，新郎瞥了一眼，答说："难看死了！"新娘蓦然一惊，一言未发，转身入内换了一套出来。新郎回顾一下长叹一声："这个样子如何可以出去见人？"新娘嘿然而退，这一回半晌没有出来。新郎等得不耐烦，进去探视，新娘端端正正地整整齐齐地悬梁自尽了，据说费了好大事才使她苏醒过来。后来，小两口子一直别别扭扭，琴瑟失调。好的开始便是成功的一半。刚结婚就几乎出了命案，以后还有多少室家之乐，便不难于想象中得知了。

我还知道一对夫妻，他们结婚证书很是别致，古宋体字精印精裱，其中没有"诗咏关雎，雅歌麟趾，瑞叶五世其昌，祥开二南之化……"那一套陈辞滥调，代之的是若干条款，详列甲乙二方之相互的权利义务，比王褒的《僮约》更要具体，后面还附有追加的临时条款若干则，说明任何一方如果未能履行义务，对方可以采取如何如何的报复措施，而另一方不得异议。一看就知道，这小两口子是崇法务实的一对。果不其然，蜜月未满，有一晚炉火熊熊满室生春，两个人为了争吃一串核桃仁的冰糖葫芦而发生冲突，由口角而动手而扭成一团，一个负气出走，一个独守空房。这事如何了断，可惜婚约百密一疏，法无明文。最后不得不经官，结果是协议离婚。

不要以为夫妻反目，一定会闹到不可收拾。我知道有一对欢喜冤家，经常的鸡吵鹅斗，有一回好像是事态严重了，女方使出了三十六计中的上计，逼得男方无法招架。事隔三日，女方邀集了几位稔识的朋友，诉说她的委屈，一副遇人不淑的样子，涕泗滂沱，痛不欲生，央求朋友们慈悲为怀，从中调处，谋求协议离婚。按说，遇到这种情形，第三者是插手不得的，最好是扯几句淡话劝合不劝离，因为男女之间任何一方如果控诉对方失德，你只可以耐心静听，不可以表示同意，当然亦不可以表示不同意。大抵配偶的一方若是不成器，只准配偶加以诟詈，而不容许别人置喙。这几位朋友之间有一位少不更事，居然同情之心油然而生，毅然以安排离异之事为己任。他以为长痛不如短痛，离婚是最好的结束，好像是痈疽之类最好是引刀一割。男方表示一切可以商量，唯需与女方当面一谈。这要求不算无理，于是安排他们两个见面。第二天这位热心的朋友再去访问他们，则一个也找不到，他们两位双双地携手看电影去了。人心叵测有如此者，其实是这位朋友入世未深。

锅烧鸡

致美斋的鱼是做得不错，我所最欣赏的却别有所在。锅烧鸡是其中之一。

北平的饭馆几乎全属烟台帮；济南帮兴起在后。烟台帮中致美斋的历史相当老。清末魏元旷《都门琐记》谈到致美斋："致美斋以四做鱼名，盖一鱼而四做之，子名'万鱼'，与头尾皆红烧，酱炙中段，余或炸炒，或醋溜、糟溜。"致美斋的鱼是做得不错，我所最欣赏的却别有所在。锅烧鸡是其中之一。

先说致美斋这个地方。店坐落在煤市街，坐东面西，楼上相当宽敞，全是散座。因生意鼎盛，在对面一个非常细窄的尽头开辟出一个致美楼，楼上楼下全是雅座。但是厨房还是路东的致美斋的老厨房，做好了菜由小利巴提着盒子送过街。所以这个雅座非常清静。左右两个楼梯，由左梯上去正面第一个房间是我随侍先君经常占用的一间，窗户外面有一棵不知名的大树遮掩，树叶很大，风也萧萧，无风也萧萧，很有情调。我第一次吃醉酒就是在这个房间里。几杯花雕下肚之后还索酒吃，先君不许，我站在凳子上舀起一大勺汤泼将过去，泼溅在先君的两截衫上，随后我即晕倒，醒来发觉已在家里。这一件事我记忆甚清，时年六岁。

锅烧鸡要用小嫩鸡，北平俗语称之为"桶子鸡"，疑系"童子鸡"之讹。严辰《忆京都词》有一首：

忆京都·桶鸡出便宜

衰翁最便宜无齿，制仿金陵突过之。

不似此间烹不热，关西大汉方能嚼。

注云："京都便宜坊桶子鸡，色白味嫩，嚼之可无渣滓。"他所谓便宜坊桶子鸡，指生的鸡，也可能是指熏鸡。早年一元钱可以买四只。南京的油鸡是有名的，广东的白切鸡也很好，其细嫩并不在北平的之下。严辰好像对北平桶子鸡有偏爱。

我所谓桶子鸡是指那半大不小的鸡，也就是做"炸八块"用的那样大小的鸡。整只的在酱油里略浸一下，下油锅炸，炸到皮黄而脆。同时另锅用鸡杂（即鸡肝鸡胗鸡心）做一小碗卤，连鸡一同送出去。照例这只鸡是不用刀切的，要由跑堂的伙计站在门外用手来撕的，撕成一条条的，如果撕出来的鸡不够多，可以在盘子里垫上一些黄瓜丝。连鸡带卤一起送上桌，把卤浇上去，就成为爽口的下酒菜。

何以称之为锅烧鸡，我不大懂。坐平浦火车路过德州的时候，可以听到好多老幼妇孺扯着嗓子大叫："烧鸡烧鸡！"旅客伸手窗外就可以购买。早先大约一元可买三只，烧得焦黄油亮，劈开来吃，咸渍渍的，挺好吃。（夏天要当心，外表亮光光，里面可能大蛆咕咕嚷嚷！）这种烧鸡是用火烧的，也许馆子里的烧鸡加上一个锅字，以示区别。

豆汁儿

> 豆汁下面一定要加一个儿字。

豆汁下面一定要加一个儿字，就好像说鸡蛋的时候鸡子下面一定要加一个儿字，若没有这个轻读的语尾，听者就会不明白你的语意而生误解。

胡金铨先生在《谈老舍》的一本书上，一开头就说：不能喝豆汁儿的人算不得是真正的北平人。这话一点儿也不错。就是在北平，喝豆汁儿的人也是以北平城里的人为限，城外乡间没有人喝豆汁儿，制作豆汁儿的原料是用以喂猪的。但是这种原料，加水熬煮，却成了城里人个个欢喜的食物。而且这与阶级无关。卖力气的苦哈哈，一脸渍泥儿，坐小板凳儿，围着豆汁儿挑子，啃豆腐丝儿卷大饼，喝豆汁儿，就咸菜儿，固然是自得其乐。府门头儿的姑娘、哥儿们，不便在街头巷尾公开露面，和穷苦的平民混在一起喝豆汁儿，也会派底下人或是老妈子拿沙锅去买回家里重新加热大喝特喝，而且不会忘记带回一碟那挑子上特备的辣咸菜。家里尽管有上好的酱菜，不管用，非那个廉价的大腌萝卜丝拌的咸菜不够味。口有同嗜，不分贫富老少男女。我不知道为什么北平人养成这种特殊的口味。南方人到了北平，不可能喝豆汁儿的，就是河北各县也没有人能容忍这个异味而不龇牙咧嘴。豆汁儿之妙，一在酸，酸中带馊腐的怪味。二在烫，只能吸溜吸溜地喝，不能大口猛灌。三在咸菜的辣，辣得舌尖发麻。越辣越喝，越喝越烫，最后是满头大汗。我小时候在夏天喝豆汁儿，是先脱光脊梁，然后才喝，等到汗落再穿上衣服。

自从离开北平，想念豆汁儿不能自已。有一年我路过济南，在车站附近一个小饭铺墙上贴着条子说有"豆汁"发售。叫了一碗来吃，原来是豆浆。是我自己疏忽，写明的是"豆汁"，不是"豆汁儿"。来到台湾，有朋友说有一家饭馆儿卖豆汁儿，乃偕往一尝。乌糟糟的两碗端上来，倒是有一股酸馊之味触鼻，可是稠糊糊的像麦片粥，到嘴里很难下咽。可见在什么地方吃什么东西，勉强不得。

薄饼

薄饼是要卷菜吃的。

古人有"春盘"之说，《通俗编·四时宝鉴》："立春日，唐人作春饼生菜，号春盘。"春盘即后来所谓春饼。春天吃饼，好像各地至今仍有此种习俗。我所谈的薄饼，专指北平的吃法，且不限于岁首。

薄饼需热水和面，开水更好，烙出来才能软。两张饼为一盒。两块面团上下叠起，中间抹上麻油，然后擀成薄饼，放在热锅上烙，火要微，不需加油。俟饼变色，中间凸起，翻过来再烙片刻即熟。取出撕开，但留部分相连，放在一边用布盖上，再继续烙十盒二十盒。

薄饼是要卷菜吃的。菜分熟菜炒菜两部分。

185

所谓熟菜就是从便宜坊叫来的苏盘。有大小两种，六十年前小者一元，大者约二元。漆花的圆盒子，盒子里有一个大盘子，盘子上一圈扇形的十个八个木头墩儿，中间一个小圆墩儿。每一扇形木墩儿摆一种切成细丝的熟菜，通常有下列几种：

酱肘子

熏肘子（白肉熏得微黄）

大肚儿（猪的胃）

小肚儿（膀胱灌肉末芡粉松子）

香肠（羼有豆蔻素沙，香）

烧鸭

熏鸡

清酱肉

炉肉（五花三层的烤肉，皮酥脆）

这些切成丝的肉，每样下面垫着小方块的肉，凸起来显着饱满的样子。中间圆墩则是一盘杂和菜。这一个苏盘很是壮观。

家里自备炒菜必不可少的是：摊鸡蛋，切成长条；炒菠菜；炒韭黄肉丝；炒豆芽菜；炒粉丝。若是韭黄肉丝、粉丝、豆芽菜炒在一起便是"和菜"，上面盖上一张摊鸡蛋，便是所谓"和菜戴帽儿"了。

此外一盘葱一盘甜面酱，羊角葱最好，细嫩。

吃的方法太简单了，把饼平放在大盘子上，单张或双张均可，抹酱少许，葱数根，从苏盘中每样捡取一小箸，再加炒菜，最后放粉丝，卷起来就可以吃了。有人贪，每样菜都狠狠捡，结果饼小菜多，卷不起来，即使卷起来也竖立不起来。于是出馊招，卷饼的时候中间放一根筷子，竖起之后再把筷子抽出。那副吃相，下作！

饼吃过后，一碗"罐儿汤"似乎是必需的。"罐儿汤"和酸辣汤近似，但是不酸不辣，扑一个鸡蛋在内就成了。加些金针木耳更好。

吃一回薄饼，餐桌上布满盘碗，其实所费无多。我犹嫌其麻烦，乃常削减菜数，仅备一盘熟肉切丝，一盘摊鸡蛋，一盘豆芽菜炒丝，一盘粉丝，名之曰"简易薄"。每食简易薄，儿辈辄欢呼不已，一个孩子保持一次吃七卷双张的纪录！

找个角落发发呆

寂寞是一种清福。

流行的谬论

由于时代变迁，曩昔的金言有些未必可以奉为圭臬，有些即使仍在流行，事实上也已近于谬论。

有许多俚语俗谚，都是多少年下来的经验与智慧累积锻炼而成。简单的一句话，好像含着颠扑不破的真理。所以在言谈之间，常被摭引，有时候比古圣先贤的嘉言遗训还更亲切动人。由于时代变迁，曩昔的金言有些未必可以奉为圭臬，有些即使仍在流行，事实上也已近于谬论。如要举例，信手拈来就有下面几条：

一、树大自直

一个孩子，缺乏家教，或是父母溺爱，很易变成性情乖张，恣肆无礼，稍长也许还会沾染恶习，自甘堕落。常言道："三岁看小，七岁看老。"悲观的人就要认为这个孩子没有出息，长大了之后大概是败家子或社会上的蠹虫。有些人比较乐观（包括大多数父母在内），却另有想法："没关系，树大自直。""浪子回头千金不换"的故事不是常有所闻的吗？

树大会不会都能自直，我怀疑。山水画里的树很少是直的，多半是欹里歪斜的，甚或是悬空倒挂的。"抚孤松而盘桓"，那孤松不歪不斜便很难去抚。景山上的那棵歪脖树，是天造地设的投缳殉国的装备，至今也没有直起来。当然，山上的巨木神木都是直挺挺地矗立着的，一片片的杉木林全是栋梁之材，也没有一棵是弯曲的。这些树不是长大了才变直，是生来就是直的。堂前栽龙柏，若无木架扶持，早晚会东歪西倒。

浪子回头的事是有的，但是不多，所以一有这种事情发生便被人传诵，算是佳话。浪子而不回头者则滔滔皆是，没有人觉得值得齿及。没出息的孩子变成有出息，我们可举出许多例子，而没出息的孩子一直没出息到底则如恒河沙数。

树要修要剪，要扶要培。孩子也是一样。弯了的树不会自直，放纵坏了的孩子大概也不会自立。西谚有云："舍不得用板子，便会纵坏了孩子。"约翰孙博士不完全反对体罚，孩子的行为若是不正，在他身上肉厚的地方给几巴掌，他认为最是简捷了当的处理方法。

二、虱多不痒，债多不愁

晋王猛"扪虱而言，旁若无人"，固然是名士风流，无视权势。可是他的大布褂内长满了体虱（有无头虱、阴虱我们不知道），那分奇痒难熬，就是没有多少经验的人也会想象得出。嵇康与山巨源绝交，也自称"性复多虱，把搔无已"，作为是不堪"裹以章服揖拜上官"的理由之一。若说虱多不痒，天晓得！虱不生则已，生则繁殖甚速，孵化很快，虱愈多则愈痒，势必非"情麻姑痒处搔"不可。

对许多人而言，借贷是寻常事。初次向人告贷，也许带有几分忸怩，手心朝上，"口将言而嗫嚅"。既贷到手，久不能偿，心头上不能不感到压力，不愁才怪！债愈多则压力愈大。债主逼上门来，无辞以对，处境尴尬，设若遇到索债暴徒，则不免当场出彩。也许有人要说，近有以债养债之说，多方接纳，广开债源，债额愈大，则借贷愈易，于是由小债而变成大债，挹彼注此，左右逢源，最后由大债而变成呆账，不了了之。殊不知这种缺德之事也不是人尽能为，必其人长袖善舞而且寡廉鲜耻，随时担着风险，若说他心里坦然，无忧无虑，恐亦不然。又有人说，逋不能偿，则走为上计。昔人有"债台高筑"之说，所谓债台即是逃债之台。如今时代进步，欲逃债可以远走高飞，到异乡作寓公，不必自己高筑债台，何愁之有？殊不知人非情急，谁也不愿效狗急之跳墙。身在外邦，也要藏藏躲躲，见不得人，我猜想他的那种生活也不是一个愁字了得。

有虱必痒，债多必愁。

三、老天爷饿不死瞎家雀儿

有人真相信"天地之大德曰生"，对于一切有情之伦挣扎于濒死边缘好像是视若无睹。人间有无法糊口者，有生而残障者，有遭逢饥馑、旱涝蝗灾，辗转沟壑者。他认为不必着慌，"船到桥头自然直"，冥冥之中似有主宰，到头来大家都有饭吃。即使是一只瞎家雀也不会活生生地饿死。

谁说的！我在寒冷的北方就不止一次看到家雀从檐

角坠下，显然的是饥寒交迫而死，不过我没有去验它是否瞎的。我记得哈代有一首诗，题曰《提醒者》，大意是说他在圣诞前夕正在准备过一个快乐的夜晚，忽见窗外寒枝之上落着一只小鸟，冻得直哆嗦，饿得啄食一个硬干果，一下子堕下去像个雪球似的死了。他叹道，我难得刚要快活一阵，你竟来提醒我生活的艰难困苦！这是典型的悲观主义者哈代的一首小诗，他大概不知道我们的那句俗话"老天爷饿不死瞎家雀儿"。麻雀微细不足道，但是看看非洲在旱灾笼罩之下，多少人都成了饿殍，白骨黄沙，惨不忍睹，是人谋不臧，还是天降鞠凶？人在情急的时候，无不呼天抢地，天地会一伸援手吗？有些地方旱魃肆虐，忽然大雨滂沱，大家额手相庆，感谢上苍，没有想到雨水滋润了干土，蝗虫的卵得以在地下孵化，不久就构成了蝗灾。老天爷是何居心？

天生万物，相克相杀，没有地方讲理去，老天爷管不了许多。

四、好的开始便是成功的一半

这句话是从外语翻译过来的，很多人常把这句话挂在嘴边。未尝不是一句善颂善祷的话，当事人听了觉得很受用。但是再想一下，一个辉煌的开始便是百分之五十成功的保证，天下有这等便宜事？

《诗·大雅·荡》："靡不有初，鲜克有终。"是比较平实的说法。我们国人做事擅长的一手是"五分钟热气"，在开始时候激昂慷慨，铺张扬厉，好像是要雷厉风行，但是过不了多久，渐渐一切抛在脑后，虽然口里高唱"贯彻始终"，事实上常是有始无终。

参加赛跑的人，起步固然要紧，但最后胜利却系于临终的冲刺。最近看我们的一个球队参加国际比赛，开始有板有眼，好一阵子一直领先，但是后继无力，终落惨败，好的开始似乎无关最后的成败。

五、眼不见为净

老早有人劝我别吃烧饼，说烧饼里常夹有老鼠屎，我不信。后来我好奇，有一天掰开烧饼看看，赫然一粒老鼠屎在焉。"一粒老鼠屎搅乱一锅粥！"从此我有了戒心，不敢常吃烧饼。偶然吃一次，必先掰开仔细看看。

有人笑我过分小心。他的理论是：我们每天吃的东西种类繁多，焉能一一亲自检视，大致不差也就是了，眼不见为净。人的肉眼本来所见有限，好多有毒的或无害的微生物都不是肉眼所能窥察得到的。眼见的未必净，眼不见的也未必不净。他这种说法好有一比，现代司法观念之一是：凡嫌犯之未能证实其为有罪之前，一律假设其为无罪。食物未经化验其为不净，似乎也可以认为它是净的。这种说法很危险，如果轻信眼不见为净，很可能吃下某些东西而受害不浅，重则致命，轻则缠绵病榻伏枕呻吟。

科学方法建设在几项哲学假设上面，其中之一是假设物质乃普遍的一致。抽样检查之可靠性也是假设其全部品质都是一样的。我们除了信赖科学检验之外别无选择。俗语说："过水为净。"不失为可行，蔬菜水果之类多洗几遍即可减除其中残留的农药。不过食物不是都可以水洗的。

"眼不见为净"之说固不可盲从，所谓"没脏没净，吃了没病"之说简直是荒谬。

六、伸手不打笑脸人

笑脸是不常见的。常见的是面皮绷得紧紧的驴脸，可以刮下一层霜的冷脸，好像才吞了农药下去的苦脸，睡眠不足的或是劬劳瘁悴的病脸，再不就是满脸横肉的凶脸。所以我们偶然看见一张笑脸，不由得不心生喜悦。那笑脸也许不是生自内心而自然流露，也许是为了某种需要而强作笑颜。脸不必笑得像一朵花，只要面部肌肉稍为放松，嘴角稍为咧开一点，就会给人以相当的舒适感。我一向相信，笑脸是人际关系中可以通行无阻的安全证。即使人在盛怒之中，摩拳擦掌，但是不会去打一个笑脸人，他下不去手。

最近看了报上一则新闻，开始觉得笑脸并不一定能保障一个人的安全。赔笑脸有时还是免不了挨嘴巴，事属常有，我所见的这条新闻却不寻常。有一位不务正业而专走邪道的青年，有一天踉跄地回家，狼狈地伏在案头，一言不发。老母见状，不禁莞尔。这一笑，不打紧，不知年轻人是误会为讥笑、讪笑，或是冷笑，他上去对准老母胸前就是一拳。老母应拳而倒，一命归西！微微一笑引起致命的一拳。以后下文如何，不得而知。

人到了要伸手打人的时候，笑脸不但不足以御强拳，而且可以招致杀身之祸。但愿这是一条孤证。

七、吃一行，恨一行

"三百六十行，行行出状元。"这是说职业不分上下，每一行范围之内一个人只要努力，不愁不能出人头地做到顶尖的位置。这也是劝勉人各就岗位奋斗向上，不要一味地"这山望着那山高"。究竟行还是有高低，犹山之有高低，状元与状元不同。西瓜大王不能与钢铁大王比，馄饨大王也不能和煤油大王比。

每一行都有它的艰难困苦，其发展的路常是坎坷多舛的。投身到任何一个行当，只好埋头苦干。有人只看见和尚吃馒头，没看见和尚受戒，遂生羡慕别人之心，以为自己这一行只有苦没有乐，不但自己唉声叹气，恨自己选错了行，还会谆谆告诫他的子弟千万别再做这一行。这叫做"吃一行恨一行"。

造出"吃一行恨一行"这句话的人，其用心可能是劝勉大家安分守己，但是这句话也道出了无数人的无可奈何的心情。其实干一行应该爱一行才对。因为没有一行没有乐趣，至少一件工作之完满的完成便是无上乐趣。很多知道敬业的人不但自己满足于他的行当，而且教导他的子弟步武他的踪迹，被人称为"克绍箕裘"，其间没有丝毫恨意。

八、子不嫌母丑，狗不嫌家贫

狗是很聪明的动物，但不太聪明。乞丐拄着一根杖，提着一个钵，沿门求乞，一条瘦狗寸步不离地跟随着他。得到一些残肴剩炙，人与狗分而食之。但是狗不会离开他，不会看到较好的去处便去趋就，所以说狗不算太聪明，虽然它有那么一分义气。

在儿女的眼光里，母亲应该是最美最可爱最可信赖最该受感激的一个人。人有丑的，母亲没有丑的。母亲可以老，但不会丑。从前有一首很流行的儿歌《乌鸦歌》，记得歌词是这样的：

> 乌鸦乌鸦对我叫，乌鸦真真孝。
>
> 乌鸦老了不能飞，对着小鸦啼。
>
> 小鸦朝朝打食归，打食归来先喂母。
>
> "母亲从前喂过我！"

这是借乌鸦反哺来劝孝的歌，但是最后一句"母亲从前喂过我"实在非常动人，没有失去人性的人回想起"母亲从前喂过我"，再听了这句歌词，恐怕没有不心酸的。

每个人大概都会为了他的母亲而感觉骄傲，谁会嫌他的母亲丑？

"狗不嫌家贫，子不嫌母丑。"话没有错。不过嫌贫爱富恐怕是人之常情，不嫌家贫这份美誉恐怕要让狗来独享下去。子嫌母丑的例子也不是没有。我就知道有两个例子，无独有偶。有两位受过所谓"高等教育"的人，家里延见宾客，照例有两位衣服破敝的老妇捧茶出来，主人不予介绍，客人也就安然受之，以为那个老妪必是佣妇。久之才从侧面打听出来那老妪乃主人之生母。主人嫌其老丑，有失体面，认为见不得人，使之奉茶，废物利用而已。

狗不嫌家贫，并未言过其实。子不嫌母丑，对越来越多的人有变为谬论的可能。

书

读书乐，所以有人一卷在手，往往废寝忘食。但是也有人一看见书就哈欠连连，以看书为最好的治疗失眠的方法。

从前的人喜欢夸耀门第，纵不必家世贵显，至少也要是书香人家，才能算是相当的门望。书而曰香，盖亦有说。从前的书，所用纸张不外毛边、连史之类，加上松烟油墨，天长日久密不通风，自然生出一股气味，似沉檀非沉檀，更不是桂馥兰熏，并不沁人脾胃，亦不特别触鼻，无以名之，名之曰书香。书斋门窗紧闭，乍一进去，书香特别浓，以后也就不大觉得。现代的西装书，纸墨不同，好像有股煤油味，不好说是书香了。

不管香不香，开卷总是有益。所以世界上有那么多有书癖的人，读书种子是不会断绝的。买书就是一乐。

旧日北平琉璃厂、隆福寺街的书肆最是诱人，你迈进门去向柜台上的伙计点点头便直趋后堂，掌柜的出门迎客，分宾主落座，慢慢地谈生意。不要小觑那位书贾，关于目录、版本之学他可能比你精。搜访图书的任务，他代你负担，只要他摸清楚了你的路数，一有所获，立刻专人把样函送到府上，合意留下翻看，不合意他拿走，和和气气。书价么，过节再说。在这样情形之下，一个读书人很难不染上"书淫"的毛病，等到四面卷轴盈满，连坐的地方都不容易匀让出来，那时候便可以顾盼自雄，酸溜溜地自叹："丈夫拥书万卷，何假南面百城？"现代我们买书比较方便，但是搜访的乐趣，搜访而偶有所获的快感，都相当地减少了。挤在书肆里浏览图书，本来应该是像牛吃嫩草，不慌不忙的，可是若有店伙眼睛紧盯着你，生怕你是一名雅贼，你也就不会怎样的从容，还是早些离开这是非之地好些。更有些书不裁毛边，干脆拒绝翻阅。

"郝隆七月七日，出日中仰卧。人问其故，曰：'我晒书。'"（见《世说新语》）郝先生满腹诗书，晒书和日光浴不妨同时举行。恐怕那时候的书在数量上也比较少，可以装进肚里去。司马温公也是很爱惜书的，他告诫儿子说："吾每岁以上伏及重阳间视天气晴明日，即净几案于当日所，侧群书其上以晒其脑。所以年月虽深，从不损动。"书脑即是书的装订之处，翻叶之处则曰书口。司马温公看书也有考究，他说："至于启卷，必先几案洁净，借以茵褥，然后端坐看之。或欲行看，即承以方版，未曾敢空手捧之，非惟手污渍及，亦虑触动其脑。每至看竟一版，即侧右手大指面衬其沿，随覆以次指面，捻而夹过，故得不至揉熟其纸。每见汝辈多以指爪撮起，甚非吾意。"（见《宋稗类钞》）我们如今的图书不这样名贵，并且装订技术进步，不像宋朝的"蝴蝶装"那样的娇嫩，但是读书人通常还是爱惜他的书，新书到手先裹上一个包皮，要晒，要揩，要保管。我也看见过名副其实的收藏家，爱书爱到根本不去读它的程度，中国书则锦函牙签，外国书则皮面金字，庋置柜橱，满室琳琅，真好像是书嫏嬛福地，书变成了陈设、古董。

有人说："借书一痴，还书一痴。"有人分得更细："借书一痴，惜书二痴，索书三痴，还书四痴。"大概都是有感于书之有借无还。书也应该深藏若虚，不可慢藏诲盗。最可恼的是全书一套借去一本，久假不归，全书成了残本。明人谢肇淛编《五杂俎》，记载一位"虞参政藏书数万卷，贮之一楼，在池中央，小木为杓，夜则去之。榜其门曰：'楼不延客，书不借人。'"这倒是好办法，可惜一般人难得有此设备。

读书乐，所以有人一卷在手，往往废寝忘食。但是也有人一看见书就哈欠连连，以看书为最好的治疗失眠的方法。黄庭坚说："人不读书，则尘俗生其间，照镜则面目可憎，对人则语言无味。"这也要看所读的是些什么书。如果读的尽是一些猥屑的东西，其人如何能有书卷气之可言？宋真宗皇帝的《劝学文》，实在令人难以入耳："富家不用买良田，书中自有千钟粟。安居不用架高堂，书中自有黄金屋。出门莫恨无人随，书中车马多如簇。娶妻莫恨无良媒，书中自有颜如玉。男儿欲遂平生志，六经勤向窗前读。"不过是把书当做敲门砖以遂平生之志，勤读六经，考场求售而已。十载寒窗，其中只是苦，而且吃尽苦中苦，未必就能进入佳境。倒是英国十九世纪的罗斯金，在他的《芝麻与白百合》第一讲里，劝人读书尚友古人，那一番道理不失雅人深致。古圣先贤，成群的名世的作家，一年四季地排起队来立在书架上面等候你来点唤，呼之即来挥之即去；行吟泽畔的屈大夫，一邀就到；饭颗山头的李白、杜甫也会连袂而来；想看外国

205

戏，环球剧院的拿手好戏都随时承接堂会；亚里士多德可以把他逍遥廊下的讲词对你重述一遍。这真是读书乐。

我们国内某一处的人最好赌博，所以讳言"书"，因为"书"与"输"同音，"读书"曰"读胜"。基于同一理由，许多地方的赌桌旁边忌人在身后读书。人生如博弈，全副精神去应付，还未必能操胜算。如果沾染书癖，势必呆头呆脑，变成书呆，这样的人在人生的战场之上怎能不大败亏输？所以我们要钻书窟，也还要从书窟钻出来。朱晦庵有句："书册埋头何日了，不如抛却去寻春。"是见道语，也是老实话。

信

我所说的爱写信的人，是指家人朋友之间聚散匆匆，睽违之后，有所见，有所闻，有所忆，有所感，不愿独秘，愿人分享，则乘兴奋笔，借通情愫。

　　早起最快意的一件事，莫过于在案上发现一大堆信——平、快、挂，七长八短的一大堆。明知其间未必有多少令人欢喜的资料，大概总是说穷诉苦、琐屑累人的居多，常常令人终日寡欢，但是仍希望有一大堆信来。Marcus Aurelius曾经说："每天早晨离家时，我对我自己说：'我今天将要遇见一个傲慢的人，一个忘恩负义的人，一个说话太多的人。这些人之所以如此，乃是自然而且必要的，所以不要惊讶。'"我每天早晨拆阅来信，亦先具同样心理，不但不存奢望，而且预先料到我今天将要接到几封催命符式的讨债信，生活比我优裕而反来向我

207

告贷的信，以及看了不能令人喜欢的喜柬，不能令人不喜欢的讣闻等。世界上是有此等人、此等事，所以我当然也要接得此等信，不必惊讶。最难堪的，是遥望绿衣人来，总是过门不入，那才是莫可名状的凄凉，仿佛有被人遗弃之感。

有一种人把自己的文字润格订得极高，颇有一字千金之概，轻易是不肯写信的。你写信给他，永远是石沉大海。假如忽然间朵云遥颁，而且多半是又挂又快，隔着信封摸上去，沉甸甸的，又厚又重——放心，里面第一页必是抄自尺牍大全，"自违雅教，时切遐思，比维起居清泰为颂为祷"这么一套，正文自第二页开始，末尾于顿首之后，必定还要标明"鹄候回音"四个大字，外加三个密圈，此外必不可少的是另附恭楷履历硬卡片一张。这种信也有用处，至少可以令我们知道此人依然健在，此种信不可不复，复时以"……俟有机缘，定当驰告"这么一套为最得体。

另一种人，好以纸笔代喉舌，不惜工本，写信较勤。刊物的编者大抵是以写信为其主要职务之一，所以不在话下。因误会而恋爱的情人们，见面时眼睛都要迸出火星，一旦隔离，焉能不情急智生，烦邮差来传书递简？

Herrick有句云："嘴唇只有在不能接吻时才肯歌唱。"同样的，情人们只有在不能喁喁私语时才要写信。情书是一种紧急救济，所以亦不在话下。我所说的爱写信的人，是指家人朋友之间聚散匆匆，睽违之后，有所见，有所闻，有所忆，有所感，不愿独秘，愿人分享，则乘兴奋笔，借通情愫。写信者并无所求，受信者但觉情谊翕如，趣味盎然，不禁色起神往。在这种心情之下，朋友的信可作为宋元人的小简读，家书亦不妨当作社会新闻看。看信之乐，莫过于此。

写信如谈话。痛快人写信，大概总是开门见山。若是开门见雾，模模糊糊，不知所云，则其人谈话亦必是丈八罗汉，令人摸不着头脑。我又尝接得另外一种信，突如其来，内容是讲学论道，洋洋洒洒，作者虽未要我代为保存，我则觉得责任太大，万一庋藏不慎，岂不就要湮没名文。老实讲，我是有收藏信件的癖好的，但亦略有抉择：多年老友，误入仕途，使用书记代笔者，不收；讨论人生观一类大题目者，不收；正文自第二页开始者，不收；用钢笔写在宣纸上，有如在吸墨纸上写字者，不收；横写或在左边写起者，不收；有加新式标点之必要者，不收；没有加新式标点之可能者亦不收；恭楷者，不收；潦草者，亦不收；作者未归道山，即可公开发表者，不收；如果作者已归道山，而仍不可公开发表者，亦不收！……因为有这样多的限制，所以收藏不富。

信里面的称呼最足以见人情世态。有一位业教授的朋友告诉我，他常接到许多信件，开端如果是"夫子大人函丈"或"××老师钧鉴"，写信者必定是刚刚毕业或失业的学生，甚而至于并不是同时同院系的学生，其内容泰半是请求提携的意思。如果机缘凑巧，真个提携了他，以后他来信时便改称"××先生"了。若是机缘再凑巧，再加上铨叙合格，连米贴房贴算在一起足够两个教授的薪水，他写起信来便干干脆脆地称兄道弟了！我的朋友言下不胜欷歔，其实是他所见不广。师生关系，原属雇佣性质，焉能不受阶级升黜的影响？

书信写作西人尝称之为"最温柔的艺术"，其亲切细腻仅次于日记。我国尺牍，尤多精粹之作。但居今之世，心头萦绕者尽是米价涨落问题，一袋袋的邮件之中要拣出几篇雅丽可诵的文章来，谈何容易！

图章

最初只是一种凭信的记号，后来则于做凭信记号之外兼为一种艺术。

印章篆刻是我们中国特有的一种艺术。从春秋战国时起，到如今有二千多年的历史。最初只是一种凭信的记号，后来则于做凭信记号之外兼为一种艺术。

外国不是没有图章。英国不是也有所谓掌玺大臣么？他们的国王有御玺，有大印，和我们从前帝王之有玉玺没有两样。秦始皇就有螭虎纽六玺。不过外国没有我们一套严明的制度，我们旧制是帝王用者曰玺曰宝，官吏曰印，秩卑者曰钤记，非永久性的机关曰关防，秩序井然。讲到私人印信，则纯然是我们的国粹。外国人只凭签字，没有图章。我们则几乎没有一个人没有图章。

签支票、立合同、掣收据、报户口、填结婚证书、申报所得税，以至于收受挂号信件包裹，无一不需盖章。在许多情况中，凭身份证验明正身都不济事，非盖图章不可。刻一个图章，还不容易？到处有刻字匠，随时可以刻一个。从前我在北平，见过邮局门口常有一个刻字摊，专刻急就章，用硬豆腐干一块，奏刀刻画，顷刻而成，钤盖上去也是朱色烂然，完全符合邮局签字盖章的要求。

我有一位朋友，他很有自知之明，他知道一颗图章早晚有失落之虞，或是收藏太好而忘记收藏之所，所以他坚决不肯使用图章，尤其在银行开户，他签发支票但凭签字。他的签字式也真别致，很难让人模仿得像。但是天有不测风云，他突然患了帕金森症，浑身到处打哆嗦，尤其是人生最常使用的手指头，拿不住筷子，捧不稳饭碗，摸不着电铃，看不准插头，如何能够执笔在支票上签字？勉强签字如鬼画符，银行核对下来不承认。后来几经交涉，经过好多保证才算把款提了出来，这时候才知道有时候签字不如盖章。

有些外国人颇为羡慕我们中国人的私章，觉得小小的一块石头刻上自己的名姓，或阴或阳，或篆或籀，或铁线或九叠，都怪有趣的。抗战时期，闻一多在昆明，以篆刻图章为副业，当时过境的美军不少，常有人登门造访，请求他的铁笔。他照例先给他起一个中国姓名，讲给他听，那几个中国字既是谐音，又有吉祥高雅的涵义，他已经乐不可支，然后约期取件，当然是按润例计酬。雕虫小技，却也不轻松，视石之大小软硬而用指力、腕力，或臂力，积年累月地捏着一把小刀，伏在案上于方寸之地纵横排奡，势必至于两眼昏花，肩耸背驼，手指磨损。对于他，篆刻已不复是文人雅事，而是谋生苦事了。

在字画上盖章，能使得一幅以墨色或青绿为主的作品，由于朱色印泥的衬托，而格外生动，有画龙点睛之妙。据说这种做法以酷爱文画的唐太宗为始，他有自书"贞观"二字的联珠印，嗣后唐代内府所藏的精品就常有"开元"、"集贤"等等的钤记。元赵孟𫖯是篆刻的大家，开创了文人篆刻的先河，至元代而达到全盛时期。收藏家或鉴赏家在字画名迹上盖个图章原不是什么坏事，不过一幅完美的作品若是被别人在空白处盖上了密密麻麻的大小印章，却是大煞风景。最讨厌的是清朝的皇帝，动辄于御题之外加盖什么"御览之宝"的大章，好像非如此不足以表示其占有欲的满足。最迂阔的是一些藏书印，如"子孙益之守勿失"、"子孙永以为好"、"子子孙孙永无竃"之类，我们只能说其情可悯，其愚不可及。

明清以降，文人雅士篆刻之风大行，流落于市面的所谓闲章常有奇趣，或摘取诗句，或引用典实，或直写胸臆。有时候还可于无意中遇到石质特佳的印章，近似旧坑田黄之类。先君嗜爱金石篆刻，积有印章很多，丧乱中我仅携出数方，除"饱蠹楼藏书印"之外尽属闲章。有一块长方形寿山石，刻诗一联"鹭拳沙岸雪，蝉翼柳塘风"，不知是谁的句子，也不知何人所镌，我觉得对仗工，意境雅，书法是阳文玉筋小篆尤为佳妙，我就喜欢它，有一角微缺，更增其古朴之趣。还有一块白文"春韭秋菘"，我曾盖在一幅画上，后来这幅画被一外国人收购，要我解释这印章文字的意义，我当时很为难，照字面翻译当然容易，说明典故却费周折。南齐的周颙家清贫，"文惠太子问颙：'菜何味胜？'颙曰：'春初早韭，秋末晚菘。'"春韭秋菘代表的是清贫之士的人品之清高。早韭嫩，晚菘肥，菜蔬之美岂是吃牛排吃汉堡面包的人所能领略？安贫乐道的精神之可贵，更难于用三言两语向唯功利是图的人解释清楚的了。

我还有两颗小图章，一个是"读书乐"，一个是"学古人"。生而知之的人，不必读书。英国复辟时代戏剧作家万布鲁（Vanbrugh）有一部喜剧《旧病复发》（*The Relapse*），其中的一位花花公子说过一句翻案的名言："读书即是拿别人绞出的脑汁来自娱。我觉得有身份的人应该以自己的思想为乐。"不读他人的书，自己的见解又将安附？恐怕最知道读书乐的人是困而后学的人。学古人，也不是因为他们苦，是因为从古人那里可以看到人性之尊严的写照，恰如波普（Pope）在他的《批评论》所说：

> Learn hence for ancient rules a just esteem :
> To copy nature is to copy them.
> 所以对古人的规律要有一份尊敬，
> 揣摹古人的规律即是揣摹人性。

这两颗小图章给了我很大的启发，教我读书，教我作人。最近一位朋友送我两颗印章，一是仿汉印，龟纽，文曰"东阳太守"，令我想起杜诗所谓"除道晒要章"，太守的要章（佩在身上的腰章）大概就是这个样子了。另一是阳文圆印，文曰"深心托豪素"，这是颜延之的诗，"向秀甘淡薄，深心托豪素"。向秀是晋人，清悟有远识，好老庄之学，与山涛嵇康等善，一代高人。这一颗印，与春韭秋菘有同样淡远的趣味。

一出版家与人诟谇，对方曰："汝何人，一书贾耳！"这位出版家大恚，言于余。我告诉他，可玩味者唯一"耳"字。我并且对他说，辞官一身轻的郑板桥当初有一颗图章"七品官耳"，那个"耳"字非常传神。我建议他不必生气，大可刻一个图章"一书贾耳"。当即自告奋勇，为他写好印文，自以为分朱布白，大致尚可，唯不知他有无郑板桥那样的洒脱，肯镌刻这样的一个图章，我没敢追问。

电话

还有比这个更烦人的："喂，你猜我是谁？猜猜看！怎么连我的声音都听不出来？"对于这样童心未泯的戴着面具的人，只好忍耐，自承愚蠢。

清末民初的时候，北平开始有了电话，但是还不普遍。我家里在民国元年装了电话，我还记得号码是东局六八六号。那一天，我们小孩子都很兴奋，看电话局的工人们窜房越脊牵着电线走如履平地，像是特技表演。那时候，一般人都称电话为德律风，当然是译音。但是清末某一位上海人的笔记，自作聪明，说德律风乃西洋某发明家之姓氏，因纪念他的发明，遂以他的姓氏名之。那时的电话不似现在的样式，是钉挂在墙上的庞然大物，顶端两个人铃像是瞪着的大眼睛，下面是一块斜木板，预备放纸笔什么的样子，再下面便像是隆起的大腹，里边是机器了。右手有个摇尺，打电话的时候要咕噜咕噜地猛摇一二十下，然后摘下左方的耳机，嘴对着当中的小喇叭说话、叫号。这样笨重的电话机，现在恐怕只有博物馆里才得一见了。外边打电话进来，铃声一响，举家惊慌奔走相告，有的人还不敢去接听，不知怕的是什么。

从前的人脑筋简单，觉得和老远老远的人说话一定要提高嗓门，生怕对方听不到，于是彼此对吼，力竭声嘶。他们不知道充分利用电话，没有想到电话里可以喁喁情语，可以娓娓闲聊，可以聊个把钟头，可以霸占线路旁若无人。我最近看见过一位用功的学生，一面伏案执笔，一面歪着脑袋把电话耳机夹在肩头上，口里不时念念有词，原来是在和他的一位同学长期交谈，借收切磋之效。老一辈的人，常以为电话多少是属于奇淫技巧一类，并不过分欣赏，顶多打个电话到长发号叫几斤黄酒，或是打个电话到宝华春叫一只烧鸭子的时候，不能不承认那份方便。至若闲来没事找个人聊天，则串门子也好，上茶馆也好，对面晤谈，有说有笑，何必性急，玩弄那个洋玩艺儿？

后来电话渐渐普遍，许多人家由"天棚鱼缸石榴树"

一变而为"电灯电话自来水"的局面。虽说最近有一处擦皮鞋的摊子都有了电话,究竟这还是一项值得一提的设备,房屋招租广告就常常标明带有电话。广告下不必说明"门窗户壁俱全",因为那是题中应有之义,而电话则不然了。

尽管电话还不够普遍,但是在使用上已有泛滥成灾之势。我有一位朋友颇有科学头脑,他在临睡之前在电话上做了手脚,外面打电话进来而铃不响,他可以安然地高枕而眠。我总觉得这有一点自私,自己随时打出去,而不许别人随时打进来。可是如果你好梦正酣,突被电话惊醒,大有可能对方拨错了号码,这时候你能不气得七窍生烟吗?如果你在各种最不便起身接电话的时候,而电话铃响个不停,你是否会觉得十分扫兴、狼狈、忿怒?有人给电话机装个插头,用时插上,不用时拔下,日夜安宁,永绝后患。我问他:"这样做,不怕误事么?"他说:"误什么事? 误谁的事?电话响,有如'夜猫子进宅',大概没有好事。"他的话不是无理,可是我狠不下心这样做。如果人人都这样的壁垒森严,电话就根本失效,你打电话去怕也没有人接。

电话号码拨错,小事一端,贤者不免,本无须懊恼,可恼的是对方时常是粗声粗气，一觉得话不对头，便呱嗒一声挂断，好像是一位病危的人突然断气，连一声"对不起"都没来得及说，这时节要我这方面轻轻把耳机放好我也感觉为难。

电话机有一定装置的地方，或墙上，或桌上，或床头。当然也有在厨房或洗手间装有分机的。无论如何，人总有距离电话十尺、二十尺开外的时候，铃响之后，即使几个箭步窜过去接，也需要几秒钟的时候。对方往往就不耐烦了，你刚拿起耳机，他已愤而断绝往来。有几个人能像一些机关大老雇得起专管电话的女秘书？对方往往还理直气壮地责问下来："为什么电话没有人接？"我需要诌出理由为自己的有亏职守勉强开脱。

电话打通，谁先报出姓名身份，没有关系，先道出姓名的一方不见得吃亏，偏偏有人喜欢捉迷藏。"喂，你是哪里？""你要哪里？""我要××××××号。""我这里就是。""×××在不在家？""你是哪一位？""我姓W。""大名呢？""我是×××。""好，你等一下。"这样枉费唇舌还算是干净利落的，很可能话不投机，一时肝火旺，演变成为小规模的口角。还有比这个更烦人的："喂，你猜我是谁？猜猜看！怎么连我的声音都听不出来？"对于这样童心未泯的戴着面具的人，只好忍耐，自承愚蠢。

电话不设防，谁都可以打进来。我有时不揣冒昧，竟敢盘诘对方的姓名身份，而得到的答话是："我是你的读者。"好像读者有权随时打电话给作者，好像作者应该有"售后服务"的精神。我追问他有何见教，回答往往是：某一个英文字应该怎样讲，怎样读，怎样用；某一句话应该怎样译；再不就是问英文怎样可以学好。这总是好学之士，我不敢怠慢，请他写封信来，我当书面答复。此后多半是音讯杳然，大概他是认为这是小事，不值得一操翰墨吧。

废话

人不能不说话，不过废话可以少说一点。

常有客过访，我打开门，他第一句话便是："您没有出门？"我当然没有出门，如果出门，现在如何能为你启门？那岂非是活见鬼？他说这句话也不是表讶异。人在家中乃寻常事，何惊诧之有？如果他预料我不在家才来造访，则事必有因，发现我竟在家，更应该不露声色，我想他说这句话，只是脱口而出，没有经过大脑，犹如两人见面不免说说一句"今天天气……"之类的话，聊胜于两个人都绷着脸一声不吭而已。没有多少意义的话就是废话。

人不能不说话，不过废话可以少说一点。十一世纪时罗马天主教会在法国有一派僧侣，专主苦修冥想，是圣·伯鲁诺所创立，名为Carthusians，盖因地而得名，他的基本修行方法是不说话，一年到头的不说话。每年只有到了将近年终的时候，特准交谈一段时间，结束的时刻一到，尽管一句话尚未说完，大家立刻闭起嘴巴。明年开禁的时候，两人谈话的第一句往往是"我们上次谈到……"一年说一次话，其间准备的时光不少，废话一定不多。

梁武帝时，达摩大师在嵩山少林寺，终日面壁，九年之久，当然也不会随便开口说话，这种苦修的功夫实在难能可贵。明莲池大师《竹窗随笔》有云："世间醙醲醅醴，藏之弥久而弥美者，皆繇封锢牢密不泄气故。古人云：'二十年不开口说话，向后佛也奈何你不得。'旨哉言乎！"一说话就怕要泄气，可是这一口气憋二十年不泄，真也不易。监狱里的重犯，常被判处独居一室，使无说话机会，是一种惩罚。畜牲没有语言文字，但是也会发出不同的鸣声表示不同的情意。人而不让他说话，到了寂寞难堪的时候真想自言自语，甚至说几句废话也是好的。

可是有说话自由的时候，还是少说废话为宜。"群居终日，言不及义，难矣哉！"那便是废话太多的意思。现代的人好像喜欢开会，一开会就不免有人"致词"，而致词者常常是长篇大论，直说得口燥舌干，也不管听者是否恹恹欲睡欠伸连连。《孔子家语》："庙堂右阶之前，有金人焉，三缄其口，而铭其背曰：'古之慎言人也。'"能慎言，当然于慎言之外不会多说废话。三缄其口只是象征，若是真的三缄其口，怎么吃饭？

串门子闲聊天，已不是现代社会所允许的事，因为大家都忙，实在无暇闲磕牙。不过也有在闲聊的场合而还侈谈本行的正经事者，这种人也讨厌。最可怕的是不经预先约定而闯上门来的长舌妇或长舌男，他们可以把人家的私事当作座谈的资料。某人资产若干，月入多少，某人芳龄几何，美容几次，某人帷薄不修，某人似有外遇……说得津津有味，实则有伤口业的废话而已。

行文也最忌废话。《朱子语类》里有两段文字：

> 欧公文，亦多是修改到妙处。顷有人买得他醉翁亭稿。初说滁州四面有山，凡数十字，末后改定，只曰"环滁皆山也"五字而已。如寻常不经思虑，信意所作言语，亦有绝不成文理者，不知如何。

南丰过荆襄，后山携所作以谒之。南丰一见爱之，因留款语。适欲作一文字，事多，因托后山为之，且授以意。后山文思亦涩，穷日之力方成，仅数百言，明日以呈南丰。南丰云："大略也好，只是冗字多，不知可为略删动否？"后山因请改窜。但见南丰就坐，取笔抹数处，每抹处连一两行，便以授后山，凡削去一二百字。后山读之，则其意尤完，因叹服，遂以为法，所以后山文字简洁如此。

前一段说的是欧阳修的《醉翁亭记》。开端第一句"环滁皆山也"，不说废话，开门见山，是从数十字中删汰而来。后一段记的是陈后山为文数百言，由曾巩削去一二百个冗字，而文意更为完整无瑕。凡为文者皆须知道文字须要锻炼，简言之，就是少说废话。

怒 {

减少生气的次数便是修养的结果。

　　一个人在发怒的时候，最难看。纵然他平夙面似莲花，一旦怒而变青变白，甚至面色如土，再加上满脸的筋肉扭曲、眦裂发指，那副面目实在不仅是可憎而已。俗语说，"怒从心上起，恶向胆边生"，怒是心理的也是生理的一种变化。人逢不如意事，很少不勃然变色的。年少气盛，一言不合，怒气相加，但是许多年事已长的人，往往一样的火发暴躁。我有一位姻长，已到杖朝之年，并且半身瘫痪，每晨必阅报纸，戴上老花镜，打开报纸，不久就要把桌子拍得山响，吹胡瞪眼，破口大骂。报上的记载，他看不顺眼。不看不行，看了呕气。这时候大家躲他远远的，谁也不愿逢彼之怒。过一阵雨过天晴，他的怒气消了。

《诗》云："君子如怒，乱庶遄沮；君子如祉，乱庶遄已。"这是说有地位的人，赫然震怒，就可以收拨乱反正之效。一般人还是以少发脾气少惹麻烦为上。盛怒之下，体内血球不知道要伤损多少，血压不知道要升高几许，总之是不卫生。而且血气沸腾之际，理智不大清醒，言行容易逾分，于人于己都不相宜。希腊哲学家哀皮克蒂特斯说："计算一下你有多少天不曾生气。在从前，我每天生气；有时每隔一天生气一次；后来每隔三四天生气一次；如果你一连三十天没有生气，就应该向上帝献祭表示感谢。"减少生气的次数便是修养的结果。修养的方法，说起来好难。另一位同属于斯多亚派的哲学家罗马的玛可斯·奥瑞利阿斯这样说："你因为一个人的无耻而愤怒的时候，要这样地问你自己：'那个无耻的人能不在这世界存么？'那是不能的。不可能的事不必要求。"坏人不是不需要制裁，只是我们不必愤怒。如果非愤怒不可，也要控制那愤怒，使发而中节。佛家把"瞋"列为三毒之一，"瞋心甚于猛火"，克服瞋恚是修持的基本功夫之一。《燕丹子》说："血勇之人，怒而面赤；脉勇之人，怒而面青；骨勇之人，怒而面白；神勇之人，怒而色不变。"
我想那神勇是从苦行修炼中得来的。生而喜怒不形于色，
那天赋实在太厚了。

　　清朝初叶有一位李绂，著《穆堂类稿》，内有一篇
《无怒轩记》，他说："吾年逾四十，无涵养性情之学，无
变化气质之功，因怒得过，旋悔旋犯，惧终于忿戾而已，
因以'无怒'名轩。"是一篇好文章，而其戒谨恐惧之情
溢于言表，不失读书人的本色。

寂寞

寂寞不一定要到深山大泽里去寻求，只要内心清净，随便在市廛里，陋巷里，都可以感觉到一种空虚悠逸的境界，所谓"心远地自偏"是也。

　　寂寞是一种清福。我在小小的书斋里，焚起一炉香，袅袅的一缕烟线笔直地上升，一直戳到顶棚，好像屋里的空气是绝对的静止，我的呼吸都没有搅动出一点波澜似的。我独自暗暗地望着那条烟线发怔。屋外庭院中的紫丁香树还带着不少嫣红焦黄的叶子，枯叶乱枝落时的声响可以很清晰地听到，先是一小声清脆的折断声，然后是撞击着枝干的磕碰声，最后是落到空阶上的拍打声。这时节，我感到了寂寞。在这寂寞中我意识到了我自己的存在——片刻的孤立的存在。这种境界并不太易得，与环境有关，但更与心境有关。寂寞不一定要到深山大

229

泽里去寻求，只要内心清净，随便在市廛里，陋巷里，都可以感觉到一种空虚悠逸的境界，所谓"心远地自偏"是也。在这种境界中，我们可以在想象中翱翔，跳出尘世的渣滓，与古人游。所以我说，寂寞是一种清福。

在礼拜堂里我也有过同样的经验。在伟大庄严的教堂里，从彩画玻璃窗透进一股不很明亮的光线，沉重的琴声好像是把人的心都洗淘了一番似的，我感觉到了我自己的渺小。这渺小的感觉便是我意识到自己存在的明证，因为平常连这一点点渺小之感都不会有的！

我的朋友萧丽先生卜居在广济寺里，据他告诉我，在最近一个夜晚，月光皎洁，天空如洗，他独自踱出僧房，立在大雄宝殿前的石阶上，翘首四望，月色是那样的晶明，苍郁的树是那样的静止，寺院是那样的肃穆，他忽然顿有所悟，悟到永恒，悟到自我的渺小，悟到四大皆空的境界。我相信一个人常有这样经验，他的胸襟自然豁达寥阔。

但是寂寞的清福是不容易长久享受的。它只是一瞬间的存在。世间有太多的东西不时地在提醒我们，提醒我们一件煞风景的事实：我们的两只脚是踏在地上的呀！一头苍蝇撞在玻璃窗上挣扎不出，一声"老爷太太可怜可怜我这瞎子罢"，都可以使我们从寂寞中间一头栽出去，栽到苦恼烦躁的漩涡里去，至于"催租吏"一类的东西之打上门来，或是"石壕吏"之类的东西半夜捉人，其足以使人败兴生气，就更不待言了。这还是外界的感触，如果自己的内心先六根不净，随时都意马心猿，则虽处在最寂寞的境地里，他也是慌成一片、忙成一团、六神无主，暴躁如雷，他永远不得享受寂寞的清福。

如此说来，所谓"寂寞"不即是一种唯心论，一种逃避现实的现象么？也可以说是。一个高蹈隐遁的人，在从前的社会里还可以存在，而且还颇受人敬重，在现在的社会里是绝对的不可能。现在似乎只有两种类型的人了，一是在现实的泥溷中打转的人，一是偶然也从泥溷中昂起头来喘几口气的人。寂寞便是供人喘息的几口清新空气，喘过几口气之后还得耐心地低头钻进泥溷里去。所以我对于能够昂首物外的举动并不愿再多苛责。逃避现实，如果现实真能逃避，吾瘰寐以求之！

有过静坐经验的人该知道，最初努力把握着自己的心，叫它什么也不想，那是多么困难的事！那是强迫自己入于寂寞的手段，所谓"参禅"、"入定"全属于此类。我所赞美的寂寞，稍异于是。我所谓的"寂寞"，是随缘偶得，无须强求，一刹那间的妙悟也不嫌短，失掉了也不必怅惘。但是我有一刻寂寞时，我要好好地享受它。

旧

旧的事物之所以可爱，往往是因为它有内容，能唤起人的回忆。

　　"我爱一切旧的东西——老朋友、旧时代、旧习惯、古书、陈酿；而且我相信，陶乐赛，你一定也承认我一向是很喜欢一位老妻。"这是高尔斯密的名剧《委曲求全》（*She Stoops to Conquer*）中那位守旧的老头儿哈德卡索先生说的话。他的夫人陶乐赛听了这句话，心里有一点高兴，这风流的老头子还是喜欢她，但是也不是没有一点愠意，因为这一句话的后半段说穿了她的老。这句话的前半段没有毛病，他个人有此癖好，干别人什么事？而且事实上有很多人颇具同感，也觉得一切东西都是旧的好，除了朋友、时代、习惯、书、酒之外，有数不尽的事物都是越老越古越旧越陈越好。所以有人把这半句名言用花体正楷字母抄了下来，装在玻璃框里，挂在墙上，那意思好像是在向喜欢除旧布新的人挑战。

俗语说："人不如故，衣不如新。"其实，衣着之类还是旧的舒适。新装上身之后，东也不敢坐，西也不敢靠，战战兢兢。我看见过有人全神贯注在他的新西装裤管上的那一条直线，坐下之后第一桩事便是用手在膝盖处提动几下，生恐膝部把他的笔直的裤管撑得变成了口袋。人生至此，还有什么趣味可说！看见过爱因斯坦的小照么？他总是披着那一件敞着领口胸怀的松松大大的破夹克，上面少不了烟灰烧出的小洞，更不会没有一片片的汗斑、油渍，但是他在这件破旧衣裳遮盖之下，优哉游哉地神游于太虚之表。《世说新语》记载着："桓车骑不好着新衣，浴后妇故进新衣与，车骑大怒，催使持去。妇更持还，传语云：'衣不经新，何由得故？'桓公大笑着之。"桓冲真是好说话，他应该说："有旧衣可着，何用新为？"也许他是为了保持阃内安宁，所以才一笑置之。"杀头而便冠"的事情，我还没有见过；但是"削足而适履"的行为，则颇多类似的例证。一般人穿的鞋，其制作、设计很少有顾到一只脚是有五个趾头的，穿这样的鞋虽然无须"削"足，但是我敢说五个脚趾绝对缺乏生存空间。有人硬是觉得，新鞋不好穿，敝屣不可弃。

"新屋落成"，金圣叹列为"不亦快哉"之一，快哉尽管快哉，随后那"树小墙新"的一段暴发气象却是令人难堪。"欲存老盖千年意，为觅霜根数寸栽"，但是需要等待多久！一栋建筑要等到相当破旧，才能有"树林阴翳，鸟声上下"之趣，才能有"苔痕上阶绿，草色入帘青"之乐。西洋的庭园，不时地要剪草，要修树，要打扮得新鲜耀眼，我们的园艺的标准显然地有些不同，即使是帝王之家的园囿，也要在亭阁楼台、画栋雕梁之外安排一个"濠濮间"、"谐趣园"，表示一点点陈旧古老的萧瑟之气。至于讲学的上庠，要是墙上没有多年蔓生的常春藤，基脚上没有远年积留的苔藓，那还能算是第一流么？

旧的事物之所以可爱，往往是因为它有内容，能唤起人的回忆。例如阳历尽管是我们正式采用的历法，在民间则阴历仍不能废，每年要过两个新年，而且只有在旧年才肯"新桃换旧符"。明知地处亚热带，仍然未能免俗要烟熏火燎地制造常常带有尸味的腊肉。端午节的龙舟粽子是不可少的，有几个人想到那"露才扬己，怨怼沉江"的屈大夫？还不是旧俗相因，虚应故事？中秋赏月，重九登高，永远一年一度地引起人们的不可磨灭的兴味。甚至腊八的那一锅粥，都有人难以忘怀。至于供个人赏玩的东西，当然是越旧越有意义。一把宜兴砂壶，上面有陈曼生制铭镌句，纵然破旧，气味自然高雅。"樗蒲锦背元人画，金粟笺装宋版书"，更是足以使人超然远举，与古人游。我有古钱一枚，"临安府行用，准参百文省"，把玩之余不能不联想到南渡诸公之观赏西湖歌舞。我有胡桃一对，祖父常常放在手里揉动，噶咯噶咯地作响；后来又在我父亲手里揉动，也噶咯噶咯地响了几十年，圆滑红润，有如玉髓，真是先人手泽；现在轮到我手里噶咯噶咯地响了，好几次险些儿被我的儿孙辈敲碎取出桃仁来吃！每一个破落户都可以拿出几件旧东西来，这是不足为奇的事。国家亦然。多少衰败的古国都有不少的古物，可以令人惊羡、欣赏、感慨、唏嘘！

旧的东西之可留恋的地方固然很多，人生之应该日新又新的地方亦复不少。对于旧日的典章文物，我们尽管欢喜赞叹，可是我们不能永远盘桓在美好的记忆境界里，我们还是要回到这个现实的地面上来。在博物馆里我们面对商周的吉金、宋元明的书画瓷器，可是遛酸双腿走出门外，便立刻要面对挤死人的公共汽车、丑恶的市招和各种饮料一律通用的玻璃杯！

旧的东西大抵可爱，唯旧病不可复发。诸如夜郎自大的脾气、奴隶制度的残余、懒惰自私的恶习、蝇营狗苟的丑态、畸形病态的审美观念，以及罄竹难书的诸般病症，皆以早去为宜。旧病才去，可能新病又来，然而总比旧疴新恙一时并发要好一些。最可怕的是，倡言守旧，其实只是迷恋骸骨；唯新是骛，其实只是摭拾皮毛。那便是新旧之间两俱失之了。

签字

不过也有一个起码的条件，他签字必须能令人认识，否则签字可能失了意义，甚且带来不必要的烦扰。

一个人愿意怎样签他的名字，是纯属于他个人的事，他有充分自由，没有人能干涉他。不过也有一个起码的条件，他签字必须能令人认识，否则签字可能失了意义，甚且带来不必要的烦扰。有一次，一个学校考试放榜前夕，因为弥封编号的关系，必须核对报名表以取得真实姓名，不料有一位考生在报名上的签字如龙飞凤舞，又如春蚓秋蛇，又似鬼画符，非籀非篆，非行非草，大家传观，各作了不同的鉴定。有人说这样的考生必非善类，不取也罢。有人惜才，因为他考试的成绩很好。扰攘了半晌，有人出了高招，轻轻地揭下他的照片，看看照片背面的签字式是否可资比较。这一招，果然有分教，约略地看出了这位匠心独运的考生的真实姓名。对于他的书法，大家都摇头。我没有追踪调查该生日后是否成了一位新潮派的画家或现代派的诗人。

支票的签字可以任意勾画，而且无妨故出奇招，令人无从辨识，甚至像是一团乱麻，漆黑一团亦无不可，总之是要令人难以模仿。不过每次签字必须一致，涂鸦也好，墨猪也好，那猪那鸦必须永远是一个模式。在其他的场合就怕不能这样自由。有不相识的人写信给我，信的本身显示他很正常，但是他的正常没有维持到底，他的姓名我无法辨识，而信又有作复的必要。我无可奈何只好把他的签字式剪下来贴在复信的信封上，是否可以寄达我就不知道了，这位先生可能有一种误会，以为他的签字是任何读书识字的人所应该一看就懂的。

我们中国的字，由仓颉起，而甲骨、而钟鼎、而篆、而隶、而行、而草、而楷，变化多端，但是那变化是经过演化而约定俗成的。即使是草书其中也有一定的标准写法，并不是每个人都可以潦草地任意大笔一挥。所以有所谓"标准草书"，草书也自有其一定的写法。从前小学颇重写字课，有些教师指定学生临写草书千字文，现在没有人肯干这种傻事了。翻看任何红白喜事的签到簿，其中总会有些令人啼笑皆非的签字式。有些画家完成巨构之后签名如画押。八大山人签字式很怪，有人说是略似"哭之笑之"，寓有隐痛。画不如八大者不得援例。

签字式最足以代表一个人的性格。王羲之的签字有几十种样式，万变不离其宗，一律的圆熟隽俏。看他的署名，不论是在笺头或是柬尾，一副翩翩的风致跃然纸上，他写的"之"字变化多端，都是摇曳生姿。世之学逸少书者多矣，没人能得其精髓，非太肥即太瘦，非太松即太紧，"羲之"二字即模仿不得。

有人沾染西俗，遇到新闻人物辄一拥而上，手持小簿，或临时撕扯的零张片楮，请求签名留念。其实那签字之后，下落多半不明，徒滋纷扰而已。我记得有一年，某省考试公费留学，某生成绩不恶，最后口试，他应答之后一时兴起，从衣袋里抽出小簿，请考试委员一一签名留念，主考者勃然大怒，予以斥退，遂至名落孙山。

雁塔题名好像是雅事，其实俗陋可晒。雁塔上题名者不仅是新进士，僧道庶士亦杂列其间。流风遗韵到今未已，凡属名胜，几乎到处都有某某到此一游的题记，甚至于用刀雕刻以期芳名垂诸久远。三代以下唯恐其不好名，不过名亦有善恶之别。我记得某家围墙新敷水泥，路过行人中不知哪一位逸兴遄飞，拾起一块石头或木棍之类，趁水泥湿软未干，以遒劲的笔法大书"王××"三个字，事隔二十余年，其题名犹未漫漶，可惜他的大名实在不雅。

谦让

谦让不是一件容易的事。

谦让仿佛是一种美德，若想在眼前的实际生活里寻一个具体的例证，却不容易。类似谦让的事情近来似很难得发生一次。就我个人的经验说，在一般宴会里，客人入席之际，我们最容易看见类似谦让的事情。

一群客人挤在客厅里，谁也不肯先坐，谁也不肯坐首座，好像"常常登上座，渐渐入祠堂"的道理是人人所不能忘的。于是你推我让，人声鼎沸。辈分小的，官职低的，垂着手远远地立在屋角，听候调遣。自以为有占首座或次座资格的人，无不攘臂而前，拉拉扯扯，不肯放过他们表现谦让的美德的机会。有的说："我们叙齿，你年长!"有的说:"我常来,你是稀客!"有的说:"今天非你上座不可!"事实固然是为让座,但是当时的声浪和唾沫星子却都表示像在争座。主人觍着一张笑脸,偶然插一两句嘴,作鹭鸶笑。这场纷扰,要直到大家的兴致均已低落,该说的话差不多都已说完,然后急转直下,突然平息,本就该坐上座的人便去就了上座,并无苦恼之相,而往往是显着踌躇满志顾盼自雄的样子。

我每次遇到这样谦让的场合,便首先想起《聊斋》上的一个故事:一伙人在热烈地让座,有一位扯着另一位的袖子,硬往上拉,被拉的人硬往后躲,双方势均力敌,突然间拉着袖子的手一松,被拉的那只胳臂猛然向后一缩,胳臂肘尖正撞在后面站着的一位驼背朋友的两只特别凸出的大门牙上,喀吱一声,双牙落地!我每忆起这个乐极生悲的故事,为明哲保身起见,在让座时我总躲得远远的。等风波过后,剩下的位置是我的,首座也可以,坐上去并不头晕,末座亦无妨,我也并不因此少吃一嘴。我不谦让。

考让座之风之所以如此地盛行,其故有二。第一,让来让去,每人总有一个位置,所以一面谦让,一面稳有把握。假如主人宣布,位置只有十二个,客人却有十四位，那便没有让座之事了。第二，所让者是个虚荣，本来无关宏旨，凡是半径都是一般长，所以坐在任何位置（假如是圆桌）都可以享受同样的利益。假如明文规定，凡坐过首席若干次者，在铨叙上特别有利，我想让座的事情也就少了。我从不曾看见，在长途公共汽车车站售票的地方，如果没有木制的长栅栏，而还能够保留一点谦让之风！因此我发现了一般人处世的一条道理，那便是：可以无须让的时候，则无妨谦让一番，于人无利，于己无损；在该让的时候，则不谦让，以免损己；在应该不让的时候，则必定谦让，于己有利，于人无损。

小时候读到孔融让梨的故事，觉得实在难能可贵，自愧弗如。一只梨的大小，虽然是微屑不足道，但对于一个四五岁的孩子，其重要或者并不下于一个公务员之心理盘算简、荐、委。有人猜想，孔融那几天也许肚皮不好，怕吃生冷，乐得谦让一番。我不敢这样妄加揣测。不过我们要承认，利之所在，可以使人忘形，谦让不是一件容易的事。孔融让梨的故事，发扬光大起来，确有教育价值，可惜并未发生多少实际的效果：今之孔融，并不多见。

谦让作为一种仪式，并不是坏事，像天主教会选任主教时所举行的仪式就蛮有趣。就职的主教照例地当众谦逊三回，口说"nolo episcopari"意即"我不要当主教"，然后照例地敦促三回终于勉为其难了。我觉得这样的仪式比宣誓就职之后再打通电声明固辞不获要好得多。谦让的仪式行久了之后，也许对于人心有潜移默化之功，使人在争权夺利奋不顾身之际，不知不觉地也举行起谦让的仪式。可惜我们人类的文明史尚短，潜移默化尚未能奏大效，露出原始人的狰狞面目的时候要比雍雍穆穆地举行谦让仪式的时候多些。我每次从公共汽车售票处杀进杀出，心里就想先王以礼治天下，实在有理。

学问与趣味

学问没有根底，趣味也很难滋生。

前辈的学者常以学问的趣味启迪后生，因为他们自己实在是得到了学问的趣味，故不惜现身说法，诱导后学，使他们在愉快的心情之下走进学问的大门。例如，梁任公先生就说过："我是个主张趣味主义的人，倘若用化学化分'梁启超'这件东西，把里头所含一种元素名叫'趣味'的抽出来，只怕所剩下的仅有个零了。"任公先生注重趣味，学问甚是淹博，而并不存有任何外在的动机，只是"无所为而为"，故能有他那样的成就。一个人在学问上果能感觉到趣味，有时真会像是着了魔一般，真能废寝忘食，真能不知老之将至，苦苦钻研，锲而不舍，在学问上焉能不有收获？不过我尝想，以任公先生而论，他后期的著述如《历史研究法》《先秦政治思想史》，以及有关墨子、佛学、陶渊明的作品，都可说是他的一点"趣味"在驱使着他；可是他在年轻的时候，从师受业，诵读典籍，那时节也全然是趣味么？作八股文，作试帖诗，莫非也是趣味么？我想未必。大概趣味云云，是指年长之后自动做学问之时而言，在年轻时候为学问打根底之际，恐怕不能过分重视趣味。学问没有根底，趣味也很难滋生。任公先生的学问之所以那样的博大精深、涉笔成趣、左右逢源，不能不说一大部分得力于他的学问根底之打得坚固。

我曾见许多年青的朋友，聪明用功，成绩优异，而语文程度不足以达意，甚至写一封信亦难得通顺，问其故，则曰其兴趣不在语文方面。又有一些位，执笔为文，斐然可诵，而视数理科目如仇雠，勉强才能及格，问其故，则亦曰其兴趣不在数理方面，而且他们觉得某些科目没有趣味，便撇在一边视如敝屣，怡然自得，振振有词，略无愧色，好像这就是发扬趣味主义。殊不知天下没有没有趣味的学问，端视吾人如何发掘其趣味。如果在良师指导之下按部就班地循序而进，一步一步地发现新天地，当然乐在其中；如果浅尝辄止，甚至躐等躁进，当然味同嚼蜡，自讨没趣。一个有中上天资的人，对于普通的基本的文理科目，都同样地有学习的能力，绝不会本能地长于此而拙于彼。只有懒惰与任性，才能使一个人自甘暴弃地在"趣味"的掩护之下败退。

由小学到中学，所修习的无非是一些普通的基本知识。就是大学四年，所授课业也还是相当粗浅的学识。世人常称大学为"最高学府"，这名称易滋误解，好像过此以上即无学问可言。大学的研究所才是初步研究学问的所在，在这里做学问也只能算是粗涉藩篱，注重的是研究学问的方法与实习。学无止境，一生的时间都嫌太短，所以古人皓首穷经，头发白了还是在继续研究，不过在这样的研究中确是有浓厚的趣味。

在初学的阶段，由小学至大学，我们与其倡言趣味，不如偏重纪律。一个合理编列的课程表，犹如一个营养均衡的食谱，里面各个项目都是有益而必需的，不可偏废，不可再有选择。所谓选修科目也只是在某一项目范围内略有拣选余地而已。一个受过良好教育的人，犹如一个科班出身的戏剧演员，在坐科的时候他是要服从严格纪律的，唱工、做工、武把子都要认真学习，各种角色的戏都要完全谙通，学成之后才能各按其趣味而单独发展其所长。学问要有根底，根底要打得平正坚实，以后永远受用。初学阶段的科目之最重要的莫过于语文与数学。语文是阅读达意的工具，国文不通便很难表达自己，外国文不通便很难吸取外来的新知。数学是思想条理之最好的训练。其他科目也各有各的用处，其重要性很难强分轩轾。例如体育，从另一方面看也是重要得无以复加。总之，我们在求学时代，应该暂且把趣味放在一边，耐着性子接受教育的纪律，把自己锻炼成为坚实的材料。学问的趣味，留在将来慢慢享受一点也不迟。

谈谜

谜这个东西，当然发生很早，远在"谜"这个字出现之前。

"谜"字不见经传，始见于六朝，即"迷"之俗字，亦即古之"隐语"。谜这个东西，当然发生很早，远在"谜"这个字出现之前。然而亦不会太早，因为这究竟是一种文字游戏，一定是文明有相当发展时才能生出来的。谜最兴盛的时候，即是八股文最兴盛的时候，因为谜与八股都是文字游戏，并且习八股者熟读四书五经，除蓄意要"代圣人立言"之外，间有机智之士，截取经文，创制为谜，颠之倒之，工益求工，遂多巧妙之作。谜之取材，大半出于四书五经，正因四书五经为制谜者与猜谜者所共同熟诵之书，并且以"圣贤之书"供游戏之用，格外显得滑稽。所以，谜在八股文盛行的时候发达起来，成为艺苑支流，文人余事。古谜率皆平浅朴拙，"黄绢幼妇"之类已经算是难得的佳话了，因古人无此闲情逸致，纵有闲情逸致，亦另有出路，不必在四书五经之内寻章摘句、探赜钩深，唯有八股文人，才愿在文字上镂心雕肝地卖弄聪明。所以我每次欣赏一个佳谜，总觉得谜的背后隐着一个面黄肌瘦、强作笑容的八股书生。我想，科举已废，猜谜一道将要式微了罢？

以上是说文人之谜。民间也有谜。乡间男女，目不识丁，而瓜棚豆架，没有不懂猜谜之乐的。他们的谜，固然浅陋可嗤，然而在粗率的人看来，已经是很费心机的了。民间的谜，还谈不到文字游戏，只是最简单的思想上的游戏。一般小孩子都欢喜猜谜，小学教科书以及儿童读物里也有采用谜的。大概猜谜的游戏除了供文人消遣之外，还可以给一般的没有多少知识的人（乡民与孩提）以很大的愉乐罢？民间的谜与儿童的谜往往采用韵语的形式，也正因为韵语乃平民与儿童所最乐于接受的缘故。

在英国文学史里，谜也有它的地位，但是一个不重要的地位。在八世纪初，有一位诗人名奇尼乌尔夫

（Cynewulf），据说他作过九十五首谜诗，保存在那著名的古英文学宝库之一的*Exeter Book*里面。这些谜之所以成为古英文学的一部分，是因为古英文学根本不很丰富，所以用现代眼光看来没有什么文学价值的东西，在古英文学的堆里便显着相当精彩了。这些谜，若是近代人作的，恐怕没有人肯加以一顾，只因为它古，所以我们觉得它难得可贵。我现在试译一首于下，以见一斑。

蠹虫

虫子吃字！

我觉得是件怪事，——

一只虫子能吞人的言语，

黑暗中偷去有力的辞句，

强者的思想；

而这鬼东西吃了文字却也不见得就更灵俐！

这已经是比较地有趣的一首了，我们却不能不认为是很浅陋（对于这个题目感觉兴趣的人，请看A. T. Wyaff编*Old English Riddles*，Boston，1912）。古英文的时代过去了以后，谜就不再能在文学史里占一席地了。谜不见得是没有人做，至少文学家是不干这套把戏了。英国的文学家不是不作文字游戏，他们也常常在文字上弄出一些小巧的玩艺，例如巢塞的ABC诗，以及十七世纪诗人创制的什么"塔形诗"、"柱形诗"之类都是。然而这不是谜。文学家不再感觉谜有什么趣味，所以不再做谜；即使做谜，文学史家也决不在文学史里给谜留任何位置。

在外国的民间，谜是流行的。十几年来盛行的Cross Word Puzzle也即是谜。外国儿童读物里也有许多的谜。谜能给一般民众与儿童以愉快，无问中外，是完全一样的。

不过撇开民间流行的谜和儿童读物里的谜不谈，单说谜与文人的关系，我们不能不承认，中外的情形相差很远。外国的谜（例如我上面所译的一个），虽然是文人做的，在性质上也和民间的儿童的谜没有多大分别，都是属于"状物"一类，其谜面是一段形容，其谜底是一件事物。中国的文人的谜，则真正地是文字游戏，谜面是一句文字，谜底还是一句文字。因此，中国文人的谜，比外国的深奥、曲折、工巧。

从一方面看，中国文人之风雅是外人所不及的，虽是游戏也在文字范围之内，不似外国文人以驰马、摇船等等粗野的事为消遣。但从另一方面看，我们却感觉到中国旧式文人的生活之干枯单调，使得他们以剩余的精力消耗在文字游戏上面。中国文人最善于"舞文弄墨"，最善做钩心斗角文章，做八股文做策论是他们的职业，做谜猜谜也是他们的余兴，一贯地是在文字上翻花样。后天获得的习性是否遗传，我们不敢说，不过在文字上翻花样的习惯，确像是已变成为中国文人的天性了。

文学中类似谜的"譬喻法"、"双关语"、"象征主义"之类，都不是本文所欲谈的，故不及。

梦〉

有时候想梦见一个人，或是想梦做一件事，或是想梦到一个地方，拼命地想，热烈地想，刻骨镂心地想，偏偏想不到，偏偏不肯入梦来。

《庄子·大宗师》："古之真人，其寝不梦。"注："其寝不梦，神定也，所谓至人无梦是也。"做到至人的地步是很不容易的，要物我两忘，"嗒然若丧其耦"才行。偶然接连若干天都是一夜无梦，混混噩噩地睡到大天光，这种事情是常有的，但是长久地不作梦，谁也办不到。有时候想梦见一个人，或是想梦做一件事，或是想梦到一个地方，拼命地想，热烈地想，刻骨镂心地想，偏偏想不到，偏偏不肯入梦来。有时候没有想过的，根本不曾起过念头的，而且是荒谬绝伦的事情，竟会窜入梦中，突如其来，挥之不去，好惊、好怕、好窘、好羞！至于我们所企求的梦，或是值得一作的梦，那是很难得一遇的事，即使偶有好梦，也往往被不相干的事情打断，矍然而觉。大致讲来，好梦难成，而恶梦连连。

我小时候常作的一种梦是下大雪。北国冬寒，雪虐风饕原是常事，哪有一年不下雪的？在我幼小心灵中，对于雪没有太大的震撼，顶多在院里堆雪人、打雪仗。但是我一年四季之中经常梦雪，差不多每隔一二十天就要梦一次。对于我，雪不是"战退玉龙三百万，败鳞残甲满天飞"（张承吉句），我没有那种狂想。也没有白居易"可怜今夜鹅毛雪，引得高情鹤氅人"那样的雅兴。更没有柳宗元"独钓寒江雪"的那份幽独的感受。雪只是大片大片的六出雪花，似有声似无声地、没头没脑地从天空筛将下来。如果这一场大雪把地面上的一切不平都匀称地遮覆起来，大地成为白茫茫的一片，像韩昌黎所谓"凹中初盖底，凸处尽成堆"，或是相传某公所谓的"黑狗身上白，白狗身上肿"，我一觉醒来便觉得心旷神怡，整天高兴。若是一场风雪有气无力，只下了薄薄一层，地面上的枯枝败叶依然暴露，房顶上的瓦垄也遮盖不住，我登时就会觉得哽结，醒后头痛欲裂，终朝寡欢。这样的梦我一直作到十四五岁才告停止。

紧接着常作的是另一种梦，梦到飞。不是像一朵孤云似的飞，也不是像抟扶摇而上九万里的大鹏，更不是徐志摩在《想飞》一文中所说的"飞上天空去浮着，看地球这弹丸在太空里滚着，从陆地看到海，从海再看回陆地，凌空去看一个明白"，我没有这样规模的豪想。我梦飞，是脚踏实地两腿一弯，向上一纵，就离了地面，起先是一尺来高，渐渐上升一丈开外，两脚轻轻摆动，就毫不费力地越过了影壁，从一个小院窜到另一个小院，左旋右转，夷犹如意。这样的梦，我经常作，像潘彼得"那个永远长不大的孩子"，说飞就飞，来去自如，醒来之后，就觉得浑身通泰。若是在梦里两腿一踹，竟飞不起来，身像铅一般地重，那么醒来就非常沮丧，一天不痛快。这样的梦作到十八九岁就不再有了。大概是潘彼得已经长大，而我像是雪莱《西风歌》所说的："落在人生的荆棘上了！"

　　成年以后，我过的是梦想颠倒的生活，白天梦作不少，夜梦却没有什么可说的。江淹少时梦人授以五色笔，由是文藻日新。王珣梦大笔如椽，果然成大手笔。李白少时笔头生花，自是天才瞻逸，这都是奇迹。说来惭愧，我有过一支小小的可以旋转笔芯的四色铅笔，我也有过一幅朋友画赠的《梦笔生花图》，但是都无补于我的文思。我的亲人、我的朋友送给我的各式各样的大小精粗的笔，不计其数，就是没有梦见过五色笔，也没有梦见过笔头生花。至于黄帝之梦游华胥、孔子之梦见周公、庄子之梦为蝴蝶、陶侃之梦见天门，不消说，对我更是无缘了。我常有噩梦，不是出门迷失，找不着归途，到处"鬼打墙"，就是内急找不到方便之处，即使找到了地方也难得立足之地，再不就是和恶人打斗而四肢无力，结果大概都是大叫一声而觉。像黄粱梦、南柯一梦……那样的丰富经验，纵然是梦不也是很快意么？

梦本是幻觉，迷离恍惚，与过去的意识或者有关，与未来的现实应是无涉，但是自古以来就把梦当兆头。晋皇甫谧《帝王世纪》说：黄帝作了两个大梦，一个是"大风吹天下之尘垢皆去"，一个是"人执千钧之弩驱羊万群"，于是他用江湖上拆字的方法占梦，依前梦"得风后于海隅，登以为相"，依后梦"得力牧于大泽，进以为将"。据说黄帝还著了《占梦经》十一卷。假定黄帝轩辕氏是于公元前二六九八年即帝位，他用什么工具著书，其书如何得传，这且不必追问。《周礼·春官》证实当时有官专司占梦之事："观天地之会，辨阴阳之气，以日月

258

星辰，占六梦之吉凶，一曰正梦，二曰噩梦，三曰思梦，四曰寤梦，五曰喜梦，六曰惧梦。"后世没有占梦的官，可是梦为吉凶之兆，这种想法仍深入人心。如今一般人梦棺材，以为是升官发财之兆；梦粪便，以为黄金万两之征。何况自古就有传说，梦熊为男子之祥，梦兰为妇人有身，甚至梦见自己的肚皮生出一棵大松树，谓为将见人君，真是痴人说梦。